月光堂堂

杨波 著

上海文艺出版社

人间风景（代序）

去年六月的一天，文学院的一位研究生，毕业离校前来看我。她送给我一个特别的小礼物——一叠照片：大礼堂前弥漫的风雪，夏日傍晚灿烂的晚霞，夕阳下平静如砥的铁塔湖，深秋落叶缤纷的无名小路，层层叠叠绚烂至极的樱花，十号楼前欲语还休的落日……拍得真好，有一种别具只眼的精致，把我们日常熟视无睹的细节都变成动人的风景。

我读老师公号里的文章，印象最深刻的是去年五月末的那一篇《葡萄》。因为那年夏天，我也可以照此写一篇《酸梅》，我在那时永远告别了我的母亲。今年六月底，回老家参加母亲的周年，老院里那颗酸梅树好高，果子也高高地挂着。不过不是母亲想象的样子，也不是我所见的样子。其实，还是那样。……我大多数情况下默默地读，很少点赞、留言、转发，就像这三年的生活，大多数时候都是沉默。毕业离校，回想起来，您还是我要感谢的老师，感谢您的文字。照片是在学校的三年，随手用手机拍的，分享给您。祝您在这风景里继续带着诗意生活。

我很感动，谢谢她将人生中瞬间的风景与美好记忆分享给我。她自己也有公号，我读过几篇，文字有灵气，对生活有本能的敏感，略感伤，不是顾影自怜的哀痛，有一种与年龄不相符的老成和沉重。看来是有原因的。我从2016年开始写公号，转眼五年了。在这个碎片化的速朽时代，五年坚持不懈地做一件事，也是不容易的。2018年，我出版第一本集子之后，又断断续续地写，集腋成裘，现在又有十万字了。有时候，我也佩服自己的毅力，支撑我写下去的原因，首先是对文字的沉浸和执着。少年心事可拏云的壮怀激烈，早已在鸡零狗碎的生活中消磨殆尽了，和三五死党，酒酣耳热时吹几句牛皮的感觉好极了。但这样没心没肺的时刻毕竟是少有的，大多数时候得给自己留下一点喘息的空间，努力把纷乱芜杂的日子过得丰富多彩一点。痛苦焦虑彷徨无着之时，多亏还能抄起毛笔涂抹一番，砚台里总是盛着上次的残墨，兑些水，蘸蘸就写，写着写着，心里头的东西也就慢慢稀释掉了。或者在电脑前，听一点懒洋洋的音乐，呆坐半天，想到哪儿写到哪儿。

那篇《葡萄》是去年五月的某个清晨，我早起在院子里坐着，阳光从蓊蓊郁郁的枝叶间照进来，头顶上的一大串果实被穿透，成一挂五彩的珠子，一晃一晃。于是想到葡萄快熟了，想到爱吃葡萄的父亲再也吃不上葡萄了，胸口就很疼，喘不过气来，难受得令人绝望。我得写点什么。打开电脑就开始敲，那些句子就在脑子里，排着队等我敲出来，八百字，三十分钟写完。写完，我像卸掉了千斤的重负，人一下子轻了很多。这短短的几百字，是我迄今为止写得最好的一篇。因为人生的苦痛，只有经历了才知道如何表达。

支持我写下去的另一个原因，就是那些隐身的读者。这些年来写下的文字，多数都在我的世界里兜兜转转，写我身边的人情冷暖，于读者没什么意义，手机一划拉就过去了。也有不少同道者留下赞许的声音或无声的足迹，共情共鸣者更是难得的鼓励，人海茫茫，吾道不孤。写作在我是一种重要的记录人间风景的方式，日记写了很多年，现在已经有37本，这些大大小小的日记本让我拥有不一样的沉甸甸的人生。很多夜深人静的时候，独自在黑暗中听着音乐，反复咀嚼自己的文字，重温过往的瞬间，整个世界都装在心里了，被自己感动得热泪盈眶。人生如逆旅，世事牵转，江湖风雨，悲欢浮沉，都是难以再现的风景，不记下来，也就错过了，忘记了，再寻不见。

想在人生的风景里诗意地生活，真是太难了，但，值得努力。

2021.07.07

目 录

西门 　　　　　　　　　　　　　　001

一事能狂便少年 　　　　　　　　010

学七楼 　　　　　　　　　　　　021

葡萄 　　　　　　　　　　　　　027

爬山虎 　　　　　　　　　　　　030

芦荟 　　　　　　　　　　　　　034

百合花 　　　　　　　　　　　　037

柿子 　　　　　　　　　　　　　040

断菊 　　　　　　　　　　　　　044

春事 　　　　　　　　　　　　　047

惊蛰 　　　　　　　　　　　　　052

初夏即事 　　　　　　　　　　　055

那年端午 　　　　　　　　　　　058

月光堂堂 　　　　　　　　　　　062

立夏 　　　　　　　　　　　　　067

那些夏天	070
不觉初秋夜渐长	077
留得枯荷听雨声	081
流年四十	084
我们的2018	090
这一年	096
河汉分流又复东	103
我们的春节	106
祭灶火烧	112
放炮	115
过年的吃食	121
放炮才像过年	126
元宵节	131
爷爷	135
酒事	144
夜来幽梦忽还乡	152
理发	160
书卷多情似故人	172
市井三章	181
时光电影院	186
云姨	202
小四哥	206

写字	211
祝枝山的便条	217
黄庭坚：本是江湖寂寞人	222
鬼故事	231
恻隐之心	237
乞猫	242
流水账	245
满船明月	249
旧照片	252
后　记	255

西门

河南大学西门，范围很广。内环路曲曲弯弯自南向北一路奔涌而来，到校医院十字路口被当头截断，剩下的这不到五百米的一截，如强弩之末，路面也变窄，往北延伸到河大西门偏北一点，便戛然而止。龙亭东路后来才开通，之前沿路两侧，尽是低矮的瓦房平房，但毗邻河大，商业价值陡增。简单装修一下，安上牌匾灯箱，胡辣汤、洗衣店、桂林米粉、饰品店、冷饮店……应接不暇，可以满足吃穿玩用的所有需求，成了寸土寸金之地。这片因应而生的繁庶区域，均属西门范围之内。西门，不单是一个地理方位，对河大人来讲，早已成了一个意义丰赡的符号。

十几年前，我参加研究生复试，就住西门，顺河学生公寓所在的胡同里。租住的是一个小院子里一间很小的平房，一张木床和一个掉了漆的床头柜，再无其他。房东是位老太太，腿脚不太利索，面目和善，很热情。一天大多数时光，她都坐在院子里晒太阳干些零碎活儿，见我出来进去，会招呼我,"吃饭有?"她知道我来考试,常笑呵呵地说:"好好考,行事!"托她吉言,后来我真考上了。

南大门是很气派的,如谙通今古的大儒,正襟危坐,显示了黉门圣殿恢弘大气的一面。西门则俨然市井细民,与闹市接壤,千人千面,熙熙攘攘,可视为河大散淡随性的另一面,虽粗服乱头,不掩国色,充满市井烟火气。

上学时住研究生楼,早餐不按点吃,去五食堂或南门居多。一包花生奶,一个馍夹鸡蛋或鸡蛋灌饼是标配。这些小摊是游动的,早上在南门,晚上就到西门。很简易的一个手推车,打着信阳鸡蛋煎饼的招牌,实际上还是本地人。上头搁着炉子,小案板,一人烤饼兼摊鸡蛋。另一人打下手,切葱花,收钱找钱。白花花的面饼摊在平底锅上,滋滋几口油喝进去,很快变黄,鼓包,铲子戳开口,拿个鸡蛋炉子边磕下,灌进豁口里,再撒一小撮葱花,上下翻动几下。鸡蛋和面饼融为一体,黄灿灿,焦脆酥香。摊子虽小,早晚高峰排队的人很多。我们看着眼馋,常常讨论:这小摊一天能卖200个煎饼,一张煎饼卖一块五,一天下来就是三百块,一个月就是九千块,一年就是十几万。哎!幻灭感顿生,哀叹读书上学有何用,不如西门卖煎饼。

顺河公寓的胡同里小饭店极多,挨挨挤挤一家接一家,都是些家常饭菜。吃饭的多是背着书包,戴着耳机的考研学生,目光坚定,行色匆匆。也有消磨时间的小情侣,你喂我一口，我喂你一口，旁若无人。夏天闷热，像蒸笼。有空调的饭店不多，即使有，也舍不得开。两边墙上钉几只会摇头的电风扇，来来回回地扑棱扑棱，顶多吓唬吓唬苍蝇，起不到多大作用。一到中午饭点，大大小小的饭店都会客满。一张桌子常坐着互不相识的几个人，各吃各的。来晚的就站在你跟前，看着你吃完。如胶似漆的情侣，会故意在你跟前腻歪，我一见这架势，马上结账走人，落荒而逃。只有心理素质过硬者才可应付。我曾亲见一个魁梧的男学生一边吃饭一边看 NBA 直播，一碗面一瓶啤酒一盘花生米。旁边围着几个等座的男女学生。他稳坐泰山，盯着电视目不斜视，直到淡定地把最后一粒花生米叨掉，打个饱嗝儿，方才起身离开。

西门还是适合晚上去。一来夜市正当时，摊位多，品种多，人也多，上了一天课的学生们心照不宣，迫不及待地往西边走，眼都是绿的；二来有了夜色的装点，灯火通明处更显几分旖旎。羊肉炕馍、炒凉粉、羊蹄儿、冰糖雪梨、杏仁茶等都是开封名吃，吃多了也就那么回事。印象深刻的都是些剑走偏锋的摊子，做法也是继承中有创新。烧饼夹鸡腿就充分发挥了本地贴炉烧饼的长处，汲取西餐汉堡夹肉的做法，摊位虽小，名气很大，什么时候来都得排队。铁钳子从吐着舌头的炉子里把烧饼夹出来，沾着芝麻的烧饼还烫手，一刀从中间剌开，把焖熟的鸡腿连骨头剁碎，裹进去，撒上孜然辣椒面儿。饥肠辘辘之时，一口咬下去，Perfect！那种满足感，一切都不重要了。

孔子云："食不厌精，脍不厌细。"来西门吃饭的学生，没那么多讲究，以吃饱喝足为先。上学时，老乡 S 君和学生训练完，常拉我吃饭。西门口随便找一家，坐在路边，要些花生米、炸小鱼儿、黄瓜变蛋。盛夏溽暑，浑身湿透，汗顺着下巴往下滴。老板，来两桶扎啤！喝得兴起，几个脱了背心，一扎接一扎地豪饮，我跟不上节奏。五个人喝掉三桶啤酒是常事。我头一次见识了啤酒是论桶喝的。

红楼大盘鸡也是有名的。偶尔男女同学几个凑份子，去改善一回。红楼没有楼，不过是临街一个不起眼的小门面，能摆几张桌椅，夏天门外铺展些桌子凳子。为什么叫"红楼"，不知道。老板娘是个娇小女子，斜跨一个小包，迎来送往，客人再多，也面不改色，从容应对。男人在厨房收拾饭菜，不抛头露面。有时候人多一桌坐不下，老板娘会引你到后边。穿过后厨，曲径通幽，有个小院子，有两间挂着吊扇的"雅间"，可以坐三四桌。炒好的鸡肉用大盘子盛上来，青绿的辣椒，酱红的鸡肉，雪白的葱段，活色生香。再送几片手擀面，吃完加面另算钱。那时候个个如狼似虎，肉有限，就让加面，不停地加。肉汤淋漓的皮带面，挣扎几下，几筷子下去就没影。直看得同座的美女们花容失色。后来大盘鸡搬到南门，生意很惨淡，关门歇业了。

浆面条在洛阳一带流行，我爱吃。西门有一家。一个老太太，一个年轻媳妇，有时还领着满地跑的孩子。孩子小，太闹腾，哭得狠了，老太太就叫她妈妈带一边哄哄，自己独当一面。摊位很小，很拘谨，有意避开热闹的中心，孤零零地设在西门偏南的路边。面条一块钱一碗。鸡蛋葱花饼一块钱一张。咸菜不要钱，风干的萝卜切成细条，腌上，就一个味儿：咸。虽然粗糙，但很下饭。只有两张小方桌，几个小板凳。浆面条用绿豆浆发酵作汤汁底料，酸，冲，和老北京豆汁儿大概差不多。酱面条有点稀，不糊，浆的酸味儿欠点，一小勺黄豆点缀几颗花生米，已经很好了。鸡蛋饼切成四瓣，就咸菜，不敢放开吃，每次我都买个烧饼带去。一碗吸溜吸溜几口喝完，有老家的味道，我很满足。

西门是吃货的天堂，也是书虫的乐园。

学校离不了书店，上学那会儿西门外书店不少，卖新书的同时一边收旧书一边卖，教材和考研资料是大头，层次不高。这些正经书店反不如野摊有意思。挨着河大围墙的路边，有很多旧书摊，花花绿绿的一个连着一个，让人感觉古风犹存。入学报到头一天，天色将晚，我在书摊偶遇H君。和我一样瘦，高高大大，鼻梁上架着眼镜，眼神中透着迷离的忧郁，像诗人。我俩互相打量一番，一寒暄才知道是一个专业都是来报道的。臭味相投之人，总会不期而遇。于是相逢恨晚，同去对面小店喝啤酒。后来我们宿舍隔壁，几个弟兄天天厮混，打球，上课，上网，也听他黑了灯给我们背海子的诗。念到销魂处，他会情不自禁唱起汪峰的《北京北京》：

我在这里欢笑／我在这里哭泣／我在这里活着／也在这里死去／我在这里祈祷／我在这里迷惘／我在这里寻找

沙哑拧巴的嗓音穿透黑夜，我们听得脸上不由得一紧，身上像触电，麻了一下。我看见他的小宇宙在黑暗中燃烧起来，闪着蓝蓝的光。

书摊上的书良莠不齐，好书得使劲挑。红皮的毛主席语录和马恩文选很多，最常见的是各类文学史，三言二拍之类的通俗小说也很不少。这些老板知道河大文科的盛名，卖书也是投其所好。我在书摊淘过几本书，上海古籍七十年代版的《荡寇志》《忘山庐日记》《洪秀全诗选》等，有几本还盖着图书馆的藏书印。见过王铎《拟山园帖》、俞樾书法的拓片残卷，可惜要价太高，买不起。一位诗人好友本科时曾在西门淘得我们那一届的硕士论文，其中 L 君研究当代诗的论文启发了他对诗和远方的追寻，导致他误入歧途。但好像没有我那篇。诗云书社的陈瑶也在西门摆过地摊，后来搬到东门，赁下一大间平房，我常去。书排山倒海，从地下摞到屋顶，书的品类很好，有眼力。再后来，诗云书社名气渐大，书虫们都转移阵地，跑东门去了，西门的旧书摊慢慢衰落。

十几年过去了，西门大变样。龙亭北路打通，与内环路汇合，西门略显封闭的空间通透起来。河大东门城墙根原有个夜市——东京大市场，当时也是赫赫有名，几年前拆掉了，西门夜市的地位愈加巩固。每天下午放学和晚自习结束，一路之隔的河大附中的学生也加入到了吃客的行列。西门不愁人气。上学那会儿留学生少，但却是很特别的群体。冰天雪地，日本和韩国男生女生上身羽绒衣下身短裤，趿拉着十字拖，吧唧吧唧，手捧鸡蛋饼堂而皇之招摇过市。现在外国人很常见，金发碧眼的留学生三五结伴，吃夜市，喝啤酒，撸烤串，实在稀松平常。

有天下午，我去西门接孩子，路过一个小干洗店。一位高大帅气的外国男青年，背着一包衣服在门前徘徊，手里拿着个笔记本，对着玻璃门上贴着的一张纸条念念有词："办事，十分钟回来。"他朝我微笑，指着纸条，用生硬的汉语问我："什么意思？"我连说带比划："A moment！ten minutes！""Great！谢谢你！""你为什么来这里洗衣服？""老板，这里，我们是朋友，good friends！"

西门越来越国际化了。

研究生时每月补助260块钱，每顿饭都要精打细算，统筹考虑。如今你消费，一边排队一边低头看手机，手机对准二维码，咔嚓一下，老板手机语音提示，支付宝收到多少多少钱，搞定。真有不胜今昔之感。一到六月，暑假前后，乡下卖西瓜的拖拉机三轮车便浩浩荡荡开进城来，在西门大路两旁安营扎寨。先是一块，我们按兵不动，然后五毛，买一两个解解馋，最后一两毛的时候，才痛痛快快地想吃就买。同学几个抱着杀好的西瓜，坐在大礼堂的台阶上，在燥热而肥沃的夜风中，在漫天星光下吃甜忆苦，憧憬未来，拔剑四顾心茫然。吃得兴起，聊到动情处，个个意气风发，颇有击楫中流谁与争锋之慨。然而纵有拏云之志，也要脚踏实地。事毕，还得把西瓜皮收拾干净，拍拍屁股老老实实回宿舍。秋冬之际，寒夜凄清，路边有崩爆米花的。手摇式的铁胆在炉子上吱吱呀呀地一圈一圈转动，情绪酝酿得差不多了，起身，罩上口袋，给上一脚，嗵的一声！吐出一个大大的烟圈，口袋撑满，甜香扑鼻……

不错，这里的时光总比别处慢一些，从旧到新，不紧不慢，新旧杂陈，从容不迫，在岁月的流转中吐故纳新。铁打的西门，流水的学生。当年一起吃夜市逛书摊的兄弟们风流云散，各自在广阔的天地中闯荡，书，终归没有白读。兄弟们时常怀念读书的那几年一人吃饱万事足的幸福生活，缅怀在跨入社会成家立业之前大碗喝酒大块吃肉的大快活与大自在，然而终究是回不去了。

现在西门去得少了。当年摊煎饼的小摊换了新面孔，那对小夫妻是不是挣够了钱，转行做了别的营生。浆面条还在，但换了人，不知还是不是老太太一家人。我没再去吃过。想想当年的羡慕嫉妒恨，真是站着说话不腰疼，小吃生意红火背后的起早贪黑的坚持和风餐露宿的辛劳，不是我们这些四体不勤五谷不分的穷学生可以想象的。

鸡蛋灌饼，也不是谁都能卖的。

2018.06.16

一事能狂便少年

初次邂逅河大，是很震撼的。

2000年9月，为备战考研，我来河大实地考察，顺带买些复习资料。开封人生地不熟，我背着行囊，投奔在河大的发小S君。在南大门"河南大学"那四个行楷大字下面，我驻足仰视很久。笔势隽健，神采奕奕，和这所学校百年来形成的气韵风度正相契合，自具高格而不落俗套，潇洒疏放而有节制。恢弘壮丽的大礼堂，古朴雅致的博雅楼，敦厚素净的斋房，还有矗立云端隐约可见的铁塔塔尖，校园里氤氲着某种神秘的气息，厚重，沉静，又蕴含着力，这大概就是书卷气。不是钢筋混凝土外加一点仿古涂料就能制造出来，而是真正来自历史的深处，一入其内，心神俱敛，整个人不由自主地安静下来。这才是我心目中大学应有的模样。

夏末秋初的夜晚，湿热难忍。S君在体育系，宿舍在河大东北角的七号楼，一楼。体育生自然豪放一些，宿舍也不同凡响。一进门，桌子上摊着一个象棋盘，棋子、饭盒、

河南大学博雅楼一角

茶杯、啤酒瓶、书本七零八落。宿舍的人颇有默契，都不带钥匙，谁回来都是咣的一脚，踹开门。六张床，只有一张床有蚊帐，大家让我这个远来的怀揣着求学梦的小兄弟睡，我感动得鼻子发酸。窗外即是铁塔公园，站在屋内，可瞥见千年琉璃塔的塔尖，夜晚风起，塔铃叮叮作响，似小雨淋漓。夜半，我被蚊子咬醒，浑身奇痒。打开手机一照，头顶上趴着五六只吃得肚满肠肥的蚊子，撵都撵不走。我很奇怪，蚊子从哪里钻进来的。环顾一圈，发现贴墙的一面蚊帐上至少有七八个破洞，有的干脆张着口，有的还好，用卫生纸团儿塞着。

研究生入学报到，我最后一个。推开宿舍门，见东面上铺，一位女性正在整理床铺，床头毕恭毕敬立着一位面目白净，头顶有星星点点白发的中年男人，我大吃一惊，以为走错门。原来男的是老 Z，已经 35 岁，铺床的是他媳妇。我又惊诧又羡慕。

宿舍四人，B 君和 Z 君研究唐诗，L 君搞文选，都是做大学问的，我学现当代，最没底气。和他们在一个宿舍，我总觉有压力，读书的狠劲，我学不来，似乎隔着一个李白和海子的距离，太遥远。B 君是本地人，不住校，很少露面。老 Z 是洛阳人，原是机械厂的技术员，但痴迷古典文学，毅然辞职考了研。他谦虚温和，精力旺盛，除去日常读书，早起听英语，下午去体育馆学交谊舞，晚上跟武术系的女老乡学舞剑，节假日从不回家。L 是本校学生，受过系统的学术训练，可在宿舍枯坐一天，读竖排繁体的蝇头小字《文选》而不知其累，读到忘我处，手舞足蹈，甚至声泪俱下。这是真正的心无旁骛而神思俱往，读进去了。我很佩服。二人每夜都要看书到深夜，且有沾床即着的功夫，我望尘莫及。

最令我痛苦的是，二人都打呼噜。深夜，鼾声如雷，此起彼伏，声震屋瓦，我苦不堪言，几乎神经衰弱。老 Z 和我睡对脚，真受不了了，我就狠命蹬一脚床板，他马上哦一声，刷地坐起来，抱歉抱歉，再慢慢倒头睡下。而 L 在我斜对面，鞭长莫及，实在不胜其扰，我顺手摸起枕头边的书扔过去，啪的一声，鼾声应声而止。以至于每早起来，L 把散乱床上的书拿给我，收好，留着晚上备用。

研究生与本科生不同，要靠自学，如牛羊由圈养而一变为散养，开始很不好适应。时间大把大把，用叶兆言的话说，多得恨不得当礼物送人，却终日惶惶然，不知如何自处。读书时没有头绪，毫无目标，去一次图书馆，抱回来一大摞，一个月后，再原样不动抱回去。读了这本，想着那本，最后哪一本也没读好。专业课不多，课堂上，老师说得最多的就是从前的学生如何如何读书，现在的学生不如何如何读书，总之是江河日下，一蟹不如一蟹。我们个个芒刺在背，痛下决心，刻苦读书。然而，这种激情持续不了多久，顶多一个礼拜，百无聊赖的虚无感又会卷土重来。

上课在文学院，文学院挨着图书馆。砖木结构的两层红楼，前后被一圈大树包围，桃树、松树、梧桐树、柳树，有的需两人合抱，高可参天，终年绿意掩映，很安静，别是一番天地。楼里全是老式的厚木地板，走起路来咕咚咕咚，此起彼伏，很有年代感。和古人"闲门向山路，深柳读书堂"的趣味，有点像。

我旁听过白本松先生讲周易。白先生是温县人，和我老家沁阳接壤。他烟瘾大，讲课烟不离手，食指中指被烟油染黄，讲到得意处，会呵呵呵，狡黠地一笑。他的温县土话，别人听不懂，我能听懂。别人听他讲"乾三连，坤三断；震仰盂，艮覆碗；离中虚，坎中满，兑上缺，巽下断"的易经玄学，味之津津，我却如堕雾中，听不懂。但我也跟着大家颔首微笑，滥竽充数作会意状。听课做学问如闻二手烟，熏熏也是好的。我还去蹭过佟培基老师的书法史。唐诗教研室很大，除了几架书，就是笔墨纸砚，还有摊开的象棋，没几个学生，加上我，不超过十个人。佟老师身量魁梧，慈眉善目，讲课时常双手叉腰，声音洪亮，条理分明。先生早年参军，当过司机，靠自学成为河大的教授博导，唐诗研究与书法，堪称大家。文学院二楼大会议室的墙上挂着佟老师的横幅篆书大江东去，斩钉截铁，气势不凡。我就是冲着先生的字去的。结课时，获赠一张洒金宣的红色小信笺纸，用钢笔字写的一首唐诗。后来听说佟老师棋艺也甚高，听课时未能与他杀上一盘，引为憾事。那时上课，老师学生围坐一桌，没有PPT，没有投影仪，没有电脑，清一色的藤椅板凳，圆桌会议，来晚的坐后头的长条凳。藤椅也有年头了，扶手磨得油光发亮，靠背还有破洞，上课时稍稍挪挪屁股，嘎嘎吱吱响成一片。

我会写毛笔字，上大学，我负责写学生会的宣传海报，读研究生，又负责写答辩海报。其实很简单，答辩前一天找张红纸，写上题目导师时间地点，贴在门口，纸很红，字很黑，仅此而已。有时还在答辩会场的黑板上写空心字：用抹布蘸水写，再用粉笔勾描，勾勒出毛笔出锋的效果，外实中空，所以叫空心字。就这样写了三年，留下不少张贴一日即撕掉的"墨宝"。

当时学校里到处是海报栏，教学楼前的墙上，电线杆上，垃圾桶上，能贴的地方不能贴的地方，都贴。四六级、寻物启事、雅思托福辅导、租房子、毕业转让，手写的，打印的，即兴的，设计的，你贴罢我贴，里三层外三层，放眼望去，花红柳绿，排山倒海。就像美女脸上抹粉，太厚了也瘆人。还有的很有创意，一张A4纸，横着打上事项，竖着打上十几遍手机号码，剪成一绺一绺，山羊胡子一般，有意者拔一根，自便。海报纵然杂乱，但里面有别样的生活，寻物启事后头，"定谢"几个字突兀而刺眼，跟着好几个斗大的惊叹号，你能看见失主那张焦灼苦闷的面孔。租房告知不紧不慢的叙述和谢绝议价的姿态，透露出房东愿者上钩爱来不来的得意。四六级的速成广告字很小，鬼鬼祟祟，欲言又止。你需要什么，这里应有尽有，各取所需。现在不一样了，信息化时代，网络手机代替了人工手写，一块块雀斑似的海报基本绝迹。过去满墙海报是文化，现在干干净净是文明，但你看不见我，我看不见你，似乎少了点什么。

那时候，对学术是敬仰的，对未来是困惑的。同学大致有这样几种，矢志学术，欲登堂入室有所作为；以学历为津梁，为镀金术，为自己谋铁饭碗；还有就是介于两者之间，墙头草，摸着石头过河，走着说着。不管你是哪种，老师只管领你进门，至于能有多大造化，全看自己。二十一世纪初，正是中国社会转型的大转折点，在种种定与变、善与恶、是与非的时代洪流中，我们像一头头在丛林中迷失的猛兽，左冲右突，头破血流，只知使出蛮力而不知路在何方。好在当年研究生还是稀罕物，每次在本科生艳羡的目光下出入研究生楼，总不自觉地腰板挺直，目光平视，颇有傲视群侪的得意。后来随着每年扩招，再到毕业前找工作屡屡碰壁，腰板便不知不觉地塌下去了。

研究生开题前，个个如临大敌，气氛很紧张。晚饭后，临睡前，我经常和隔壁宿舍哥几个谈各自的论文情况，大都等米下锅，一片愁云惨雾。有时候一起吃饭，几杯啤酒下肚，胆子壮起来，曾一半自我安慰一半大义凛然地与诸君共勉：世上大抵无难为之事，只要尽些力，胡乱作将去，总有水到渠成的那一天。后来翻书时，发现明末文人袁宏道竟也说过这样的话，不禁嘚瑟了好一阵子。其实说白了，就是车到山前必有路，潜台词是，只要不是太不像话，老师会让毕业的。

学生时代是清苦的，但也有以苦为乐的心态和智慧。毛头小伙，血气方刚，吃饱是头等大事。食堂不常去，吃得很多，但油水少不解馋，还不顶饥。我回家次数多，偶尔会带回一点零食，如中秋节月饼，哪怕硬得跟石头一样，拿回来，夜里也会被如狼似虎的兄弟们报销掉。河大南门一字排开的小饭店，各有特色，也不贵，大家总是三两结伴，不论是永红面馆还是霍记米线，一人一碗牛肉面或米线总吃不饱，欠点，再一起要一份鸡蛋炒米，正好！多人组合餐，既省钱又能吃饱。最难忘的，是一个风雪夜，S君刚率队比赛归来，成绩大好，心情也大好，带着几个学生拉我出来宵夜。我们一行在校医院十字路口吃贴炉烧饼夹羊腰，雪大风急，炉火明灭。我们一边跺着脚，搓着手，一边大嚼烧饼羊肉，真乃天下第一乐事！比起林教头风雪山神庙，潇洒有余，豪迈亦过之。

2003年非典，学校封闭，我们如困兽一般，出不去，进不来。大家都买方便面，连吃三顿，胃里直泛酸水，每日一到饭点，楼道上充斥着防腐剂的味儿，个个闻之欲呕。研究生楼西侧是一道薄薄的砖墙，翻过墙就是外环路，几步就是西门外的饭店，平时那里是我们的聚集之地，受到封校影响，一时也很萧条。后来，外头卖饭的从墙上偷偷掏掉两块砖头，凿开一个洞，于是卤面炒米烧饼夹菜之类的吃食，偶尔还有烧鸡，像泉眼一般汩汩地涌进来，大受欢迎，供不应求！古有凿壁偷光，今有穿墙卖饭，吃货的力量超乎想象。可惜好景不长，学校把洞又堵上了。每日傍晚时分，墙外熟悉的冰糖熟梨的叫卖声又一声声传来，大爷的嗓音中气十足，像极了唱戏的拖腔，"冰糖"短促平白，"熟"字拉长，陡然一翻高至八度，气息将尽时，"梨"字徐徐落下，真是千回百转，余音绕梁！直听得口舌着火咽喉冒烟而不可得，那种可听而不可及的痛苦，beyond words！

十几年前，研究生不多，一两届学生一两栋楼就塞下了。研究生楼男女混住，吃饱喝足，百无聊赖，常打着借书或是探讨学术的旗号，去女生宿舍串串门，现在看来是可遇不可求的美事。那时候除了上网，没有更多的娱乐，大多数女生，尤其是中文系的女生，除了上课，大多宅在宿舍，过着不论魏晋不知有汉的生活。有次，我找一位古代文学专业的女生借自行车。拿了钥匙下楼，左找不到，右找不到。打电话让她下来，一起扒拉了半天，还是没有。最后，她脸红鼻尖冒汗，不好意思，应该是丢了。

河大地处开封，如这座小城一样，不显山不露水，在黄河边扎根，在风沙的磨砺下，河大学生如参天的泡桐一样，自有坚忍不拔的品格。

S君宿舍六人，入学之初，照例要像梁山好汉一样论论出生年月，排排座次。一位信阳的L君，竟与S君同年同月同日生，大喜之下，相逢恨晚，遂为莫逆。L君温和沉静，与一般体育生大相径庭，有兄长之风，大家便推为老大。老大每次开学返校，除了几件换洗衣物，还会带半布袋大米。不是那种常见的晶莹剔透米粒饱满的大米，是那种品相不好的糙米。他早上不去食堂，在宿舍里用酒精炉烧稀饭。兄弟几个早上训练，谁回来早，闻见四处飘散的米粥香味，不打招呼，随手从锅里舀一碗喝。老大只是笑笑，喝吧喝吧，有的是。后来有老大同乡看不下去，向他们透露，老大家里很困难，这是人家带的口粮！兄弟们愧疚得很，几天没缓过劲，商量着兑钱请老大吃饭喝酒。饭桌上，兄弟几个轮番劝酒，老大不为所动，坚持不喝。逼得急了，老大一边啃筒子鸡，一边摆手："我不会喝酒，喝多了，这么好的饭菜，吐了多可惜！"后来有天晚上，老大突然喝得酩酊大醉，一步三晃地推门进来，倒头上床，吐得一片狼藉。大家追问之下才知道，他丢了100块钱，心里不痛快。哥几个劝他别太在意，不就是100块钱。老大突然坐起，厉声喝道："是啊！你们有钱！我平常和我爹在家扛一袋水泥五毛钱，要扛多少袋水泥才能挣100块钱！"大家面面相觑，心如刀扎。

艰难困苦，玉汝于成。有志者往往淬沥磨炼，琢为美器。体育系的学生，在大家的惯常印象中近乎蛮勇而远诗书之礼，其实不然。他们孔武有力也心细如针，一腔热血不光挥洒在运动场上，也有催人奋进的力量在。后来老大考上广州体院的研究生，在老大的影响下，S君留校，其他几个兄弟也都蓬蓬勃勃，事业有成。老大的故事，听S君讲过多次。酒后微醺，同坐者先以为趣事，禁不住笑出声，后来说着说着，他眼圈充血，嘴角抽搐，端起一大杯，斟满，笑中带泪，一饮而尽。在座无不动容。

三载之中，把臂分袂，跬步之间，远若天涯。在学校的所有苦痛欢欣，现在想来，令人顿生怅惘。同窗共砚的兄弟姐妹们如今天各一方，十几年来，还没有真正聚过一回。有朋多聚散，时光无依凭。的确，如今生活再甜，想起过往的河大三年，总觉没有过够。长安花，何如西门柳，要是能再过一遍该多好。大学校园是与社会接壤的最后一块净土和乐园，特出者如大树参天，鹤立鸡群，多半还是规规矩矩的小树苗，在老师的剪裁和荫养下，慢慢长大成材。

浑灏的黄河水，粗粝的大风沙，宽厚的河大园，给予兄弟们知难而进的勇气和智慧，尽管我们有时候卑微如一棵野草，但也活得坦坦荡荡，自信从容，像个顶天立地的人。

2018.07.27

学七楼

研究生毕业留校之后，分得一间宿舍，在学七楼，二楼。此楼原系体育系学生宿舍，后来改作青年教师的单身公寓。

宿舍不朝阳，挨着水房，潮湿阴凉。十多平米，四张床铺，上头是床，下头是写字台和小衣柜，别无长物。我和妻就地取材，拆掉两张床，把衣柜放倒床板平铺，拼成一张大床。又陆续添置了冰箱、洗衣机和空调，捯饬得愈发像个样。窗外有几棵茂盛的枸树，夏天殷红的果子，红艳欲滴，直探到窗台上，伸手可得。一墙之隔的铁塔公园开宝寺的大喇叭，整日循环播放大悲咒，初听，浑灏流转如洪涛拍岸，很有味道，听久了，如蚊蝇嗡嗡不胜其扰，再久了，也就麻木了，充耳不闻。站在屋内，可瞥见千年琉璃塔的塔尖，夜晚风起，塔铃叮叮作响，似小雨淋漓，一声一声送到枕上，心里油然升起一种深邃的苍凉，整个人都安静下来。

学七楼东边是铁塔湖，巴掌大的一池水，被城墙环抱，依偎在校园东北角。湖畔有零星的荷花，曲折的回廊亭榭，湖心有一亭，独立水中。夏天碧波万顷，荷花飘香。冬日飞雪，黑白分明，风萧萧兮湖水寒，很有几分韵味。这种旖旎的风景，与我的老家有几分相似。老家的院子出门是条小巷，沿小巷向东百十米，就是东湖，一个方圆百亩的荷塘。住在楼里，有了这湖水的滋润，心底始终是温润的，也很自足。

河大素来宽厚，远近的居民访客来者不拒。无论冬夏，铁塔湖里总有市民游野泳。我很钦佩这些健儿的勇气，但在大学校园里，大庭广众赤膊跣足，有失体面。东操场边上有几株老槐树，春末，雪白的槐花如飞雪，缀满枝头，甜香扑鼻。很快便招来周围的市民，群峰一般嗡嗡而上，拿着竹竿，挎着篮子，一通猛打，直到树枝折断篮子装满方才罢手。每日早上，五六点钟，总能听到湖边传来一阵阵长号，此起彼伏，这是本地老年人晨练的独特方式，声势甚为浩大。似乎就是传说中的阮籍的嘹然长啸，一种栖神导气之术，但确实不怎么好听，尤其是冬天天光未亮时，让人悚然以惊，脑壳炸裂。

留校前三年，妻在外地上学，只我一人独守。每天下班回来，捎一块钱面条，炒个西红柿鸡蛋，就个蒜瓣儿，便很美味。周末酣畅淋漓地打场篮球，骑车去苹果园路口的健民烧鸡店，七八块钱买一只小烧鸡，捎几瓶汴京啤酒，改善下枯寂的生活。夜长无事，裤衩背心，趿拉着拖鞋，在楼里串门。常去C君宿舍,他单身,刘震云老乡,延津人,憨实热情。他的宿舍是大家聚会谈天的据点,打牌下棋喝酒聊天,单身汉的乐园。去的人太多,屋门口象征性地挂一铁锁,不用钥匙,轻轻一扯即开。电脑在网上挂着,24小时不关机。谁中午没地方去,径直开门进去,烧一壶茶,看会电影,床上眯一觉,起来把门挂上即可。夜不闭户路不拾遗的古风犹存。

我有时和他合火,煮一锅面条,或是蒸米饭,炒两个菜,他的卤面做得很地道。他常跟我形容延津火烧油大肉多好吃,听得我口舌生津,可惜直到搬走我也没尝过。有时候,我俩索性觍着脸去对门女同事屋里蹭饭,原本人家吃一个星期的饭菜储备,被我们两顿便消灭殆尽,直吃得主人花容失色。可恨的是,我俩毫无愧意,抹抹嘴,说声谢谢便万事大吉。

学七楼门口有一株苹果树。树干曲曲弯弯,长得拧巴,但却生气灼灼。隔一年会结一树的青苹果,没来得及红透,便被楼里的小孩子、来来往往的行人摘光。楼管阿姨用篱笆围起来,也无济于事。楼里的男男女女,都到了成家的年纪。有人结婚找到另一半,买了房子,就搬出去。也有的就在门口贴两个大红喜字,把婚结在楼里。没两年,小孩子就多起来,刚开始男孩多,楼管阿姨常如暗通天机,喜滋滋地说,学七楼体育系住过,阳气重,都生男孩儿。后来呼啦啦，一片女娃娃，她又说，生孩子就像结苹果，那一茬，过去了。

单身楼条件不好，虽然出门几步就是开水房，但一日三餐总要吃。没有煤气，只能用电磁炉。楼里的线路经不起折腾，经常油还没热，保险丝就烧断了。先是哀鸿遍野，既而跳脚骂娘，热闹得很。于是头脑灵光的就悄悄贿赂楼管阿姨，顶多就是半拉西瓜之类的吃食，偷偷买一个功率大的保险丝给自己屋换上。后来这偷梁换柱的秘诀也失效了，重新陷入混乱，因为大家纷纷效仿，每个屋都换保险丝，相当于都没换。刚住进去时，楼道里干干净净，慢慢地就不行了，电磁炉、煤气灶、洗衣机、婴儿车、花盆……大家都默不作声地开始以门口为圆心，扩展势力范围。很快，楼道像战场，逼仄，局促，上趟厕所，也要嘴里说着借过借过，小心翼翼地翻山越岭，跋山涉水。晚上上厕所更是痛苦，从东往西，虽说没多远，但要在恍惚的睡梦中，挣扎着爬起来，是多么痛苦的事。于是我晚上很少喝水。

楼西侧是一个临时搭建的小棚子，极不协调，像漂亮小姑娘脸颊上鼓出的一个泛着白头的青春痘。我搬进学七楼之前，它就在那儿，我搬走很多年，它还在那儿。主人是两口子。男的精瘦，面目黧黑，五短身材；女的魁梧些，说话叉腰，眉飞色舞。这二位据说有位在学校工作的拐弯儿亲戚，很早就搭了这房子，卖些方便面、香烟、蚊香之类的零碎，偶尔也会帮忙补个车胎，修修自行车。无论老师学生，借个扳手螺丝刀，用气筒打打气，都要付一毛两毛的使用费。有时候你忘带了，他会见你一次提醒你一次。俩人没事就在篮球场边上转悠，捡饮料瓶，常跟外来的老头老太太为了一只瓶子争得面红耳赤，他们吵起架来威风八面，从不落下风。S君说，以前上学的时候，他们偶尔会在他那儿赊账，定期结算。这家伙要账很有手段，一见某某同学和女朋友在一起，老远就吆喝，"哎，你那天拿方便面的五毛钱啥时候给呀！"恨得人牙痒。

学七楼的日子再好，一人吃饱万事足，终究不是长久之计，没家的感觉，不过是个临时的立锥之地罢了。而且每晚十一点锁门的规定（已经比学生宿舍晚了半个小时），总感觉不自在，像住监狱。有一次母亲来看我，我正上班，便让她先去宿舍。我中午下班回来，发现母亲独自站在走廊。原来她在水房洗衣服，不小心把钥匙锁屋里了。我说你怎么不找楼管开门，留有备用钥匙。母亲说找了，人家说陌生人不开。我一听恼得不行，冲下楼去跟楼管大吵一架。下午就换了新锁。从那以后，我们就开始四处寻找房源，筹备买房。

妻一个月回来两次，给学生上课。那时候还没微信，平常我们手机联系，每晚十点左右她电话查岗，我按时汇报当日情形。有次我中午下班回来，冷锅冷灶。我问她，"咋不做饭？"妻很生气，"吃什么吃！早上有个女孩子找你借鸡蛋，怎么回事？"我百口莫辩，"谁啊？我真不知道啊。"为这事，冷战了好几天。

其实我很冤枉，直到现在，我也不知道那借鸡蛋的女生到底是谁。

2018.06.09

葡萄

院子里种了两颗葡萄树,枝干外形都差不多,果实差异很大。一棵是透明的黑珍珠,大而圆;一棵是青绿的玛瑙,细而尖,就是俗称的提子。

黑珍珠瘦小一点,倚靠在东墙角落,很有些命运多舛。父亲前年有次上街,见一家酒庄拆迁,把一棵葡萄树连盆扔掉了,于心不忍,就捡回来,给它安了家。提子则很粗壮,是我从花市上买回来的,二十块钱。根正苗红。

我种花养草属于随意自由派,自力更生,丰衣足食。说白了,就是懒省事。黑珍珠和绿提子并没有得到特殊的礼遇,不过是勤浇浇水,管够。至于波尔多液、有机肥等,从未用过。也没搭架子,就种在墙根,让它们随行就市,沿着遮阳棚顺势而生。父亲看不下去,春夏之交,会拿剪子铰一铰枝,在棚子下扯几根绳子,方便它们"上架"。

葡萄生芽慢。第一年春天,迟迟不见动静,我疑心它们是不是长不活。直到三月中旬,方见冒出猫耳朵似的绿芽,很快蔓延开来。两年多的光景，它俩合兵一处，见缝插针，闪转腾挪，枝叶横溢斜出，大有遮天蔽日之势。大半个院子都在他们的笼罩之下，气势很磅礴。尤其是提子，主干有碗底粗，不仅把手脚伸到邻居家，甚至探出墙外，像一朵绿色的浪花，把无花果、核桃和桐树统统淹没。夏天真是一处凉荫荫的风景。它俩完全反客为主了，自作主宰，真可谓"一架藤萝，搅乱闲庭院"。

葡萄会开花，很小的花，花落后一地微黄泛绿的碎末，踩上去沙沙响。深秋，真正是枯藤老树黄叶飞，满院子的叶子落了又扫，扫了又落，很烦人。但一想来年的收成，顿时口舌生津，就觉得很值。

硕果累累的葡萄

父亲爱吃葡萄。葡萄当季时，他会买几串回来，剪散，一颗颗洗净，盛在盘子里。其实自己也舍不得吃几颗，都留给孙女们解馋了。他常过来帮我打理花草。院里院外的竹子、香椿、核桃、山楂等，都是他和母亲帮我种下的。他对这两棵葡萄树尤其期待，有时背手立在墙外，看着生气勃勃的葡萄树，禁不住面露喜色："往后再不用买葡萄吃了。"

头一年，它俩都在适应期，蓄势待发，提子没结果，黑珍珠倒是结了，只孤零零的一串，让人心生感动。去年就不一样了，俩人儿铆劲比赛，都果实累累，黑珍珠绿提子，大而甜，足足盛了两大盆。父亲当时在老家，没赶上。如今，刚过小满，葡萄已经挂果。一串串小铃铛似的在棚子下摇头晃脑，交头接耳，有的已经有黄豆大小。今年看这势头，两大盆肯定远远不止了。

我时常坐在院子里，抬头看着这满天星斗似的累累果实，期待自然是有的，但心里又很空，没有着落。因为，父亲已经不在了。

2020.05.25

爬山虎

院子东南有两棵葡萄，西北有一棵爬山虎。它们各自占据铁栅栏的一角，彼此四目相对，遥相呼应。铁栅栏毕竟有限，先到先得，它俩都明白这道理，暗自较劲。

爬山虎是我从黄河滩上挖来的，带着泥，一尺来高。头一年，它几乎没怎么长，柔柔弱弱，左顾右盼。院子西北角有座阳光房，玻璃钢架结构，我担心它爬不上，架梯子扯了好几根绳子，给它指路。没几天，绳子就经不住日晒雨淋，糟掉了。索性不管它，任由它爬高上低，辗转腾挪。爬山虎确实名不虚传，另辟蹊径，兵分两路，一面自下而上，从门窗结合的空隙处杀出一条血路，或者径直钻进窗缝，抓住窗纱，迂回攀登；一面自西向东，蜿蜒盘旋，攻城略地，感觉也就是一个夏天的光景，铁栅栏就被它占去了一多半。

端午在望，午后烈日灼灼，盛夏的炎热已经难以抵挡。若没有爬山虎的环抱，在院子里待几分钟也很困难。这面绿色的院墙白天看时是很美的，叶片如硕大的手掌，层层叠叠，绿得耀眼。风起时，群起而鼓掌欢呼，起伏翻滚，如潮水涌动。有雨则更好，叶片经雨水洗刷，绿到极致，凉到心里。夜晚，听外头叶片摩挲，哗哗嚓嚓，总以为下雨，其实大半是有风。直到带着雨腥味的湿气从窗外透进来，哦，这回是真下雨了！

搬到新家才两年，葡萄自东向西，爬山虎自西向东，如两股溪流向中心流淌，照这架势，再有一两个月就会碰面。我估计它俩会打起来。

我真是瞎操心！

爬山虎也开花。金色的小米粒，花椒大小，五六个一簇，开得热热闹闹，触目皆是，如繁星点点。爬山虎叶片分五瓣（似乎就是五叶爬山虎），花仔细看，也是五瓣，金黄，如散碎的珠子，洒落一地。花有香味，单个不明显，这种味道汇聚起来，就很浓郁，尤其是早起或者傍晚，近前能感到香气氤氲，草木腥中有微甜，带着凉意。这几天花开得正盛，引来三两蜜蜂，嗡嗡嗡，在花叶间逗留，可见它是有蜜的。

小学四年级那年秋天，我有幸去北京参加少先队员代表大会。十月，秋意正浓，当时我们去了不少地方，现在大都记不起来。印象最深的，就是到处可见爬山虎，公园的围墙上，宾馆的外墙上，小胡同的院墙上，那时正是叶片由绿转红的时节，一条条，一片片，一块块，如炫目的油彩，随意涂抹在城市的角落，印在我心上。香山红叶我没见过，但灿若云霞的红，大概都差不多。

冬天是它最黯淡的时节，叶片落尽，只留下曲曲折折的枝条挂在栏杆上，气若游丝，孤零零。木应霜而枯零，草随风而摧折，这是无可奈何的事情，难免有一点薄薄的惆怅。

最近早起总听见鸟声啁啾，经常有一两只黑毛黄嘴的鸟儿飞到杨子房间的窗台上唱歌，好几次她都又惊又喜地叫我过去看。我也奇怪，这几只小鸟怎成了常客。后来我发现，西北角海棠树的树杈上不知何时多了个鸟窝，爬山虎配合得很好，用厚实的叶片帮它们打掩护，遮得严严实实，恰到好处。真是个绝佳的避风港，院子从此不寂寞了。

写爬山虎的诗不多，唐伯虎倒写过一首，不过它不是主角：

> 桃花净尽杏花空，开落年年约略同。
> 自是节临三月暮，何须人恨五更风？
> 扑檐直破帘衣碧，上砌如欺地锦红。
> 拾向砑罗方帕里，鸳鸯一对正当中。

地锦就是爬山虎。唐伯虎不愧风流才子，这首诗写得香艳，令人浮想联翩。三月暮，正是晚春初夏，百花欲谢，爬山虎却长得正好。春心萌动的青年男女早已按捺不住，心绪无端理还乱，如四处蔓延的地锦，于是暗暗罗帕传情，春风暗度。这样看来，爬山虎似乎更适合生在江南的亭台楼榭里，于细雨微风中，袅袅婷婷地探出头来，听那些才子佳人的喃喃情话。

2019.06.06

芦荟

我一向不以芦荟为花，觉得它顶多能忝列"草"的行列。毕竟它貌不惊人，植株呈宝塔状，叶片肥厚，边缘带着锯齿般的小刺，朴实有余，甚至可以说是笨拙。唯一的优点在于四季常绿，好打理，不讲究，至于其他美容护肤的功效，无暇深究，存疑。

家里这盆芦荟已有十多年光景。最初妻把它从学校带回来时，还是一个精致的书案摆件。当然，精致是指那只白底蓝花的瓷花盆，比一个蚊香饼大不了多少。花株也小，像紧握的拳头，娇滴滴，楚楚可怜。慢慢地，它越长越大，越来越臃肿，不断冒出新芽，超出花盆的承受，我就有点嫌弃它，用一盆秋海棠取而代之。它被发配到阳台的角落，终日风吹日晒，灰头土脸。我平常很少关注它，有时候在阳台上闲坐发呆，会顺手把喝剩的茶叶水倒进盆里，仅此而已。

后来杨子上一年级，老师让每人带一盆绿植建设班级花园，她就把芦荟带去了。就这样，这盆芦荟陪她一直到三年级，我早把它忘掉了。有一天，杨子突然把它抱回来，很伤心，原来花盆被同学不小心摔掉了半边。芦荟已经很苗壮，老芽新芽挤挤挨挨密密麻麻，早已突破花盆的极限。花盆坏了，根部裸露在外，倒给它释放的空间，依然精神抖擞。我安慰她不要紧，正好给它换个大一点的花盆，于是第一次正式给它换了新家——一只廉价的大塑料盆。我从楼下取了些花土，把根部的冗芽去掉，给它减负。阳台面南背北，光照好，它长得很快。不多时，已经蹿到一尺多高，花盆又嫌小了，我也懒得理它。随着高度增加，它的叶片交错重叠，加之根部不断生发新芽，植株开始慢慢侧歪，由直立而倾斜，后来干脆成平卧，与花盆成九十度！尽管如此憋屈，它也不计较，夏天暴晒，冬天天寒地冻，没挪过窝。

前年搬家，折腾了很长时间，我累得筋疲力尽。到最后，零碎的小东西不想再收拾，干脆留下来算了。临走时上楼，看见长相奇崛的它，瞬间又感觉多年相伴，就此放弃，于心不忍。一咬牙，弯下腰去搬，稍稍用力，塑料盆咔嚓碎了，我硬是连抱带搬把它从四楼弄下来。到新家，给它换了稍大点的盆，支半块砖头给它当枕头，睡在墙角。我又顺带把冒出来的新芽分了好几盆，放在书房的窗台上。这些幼苗离开了母亲的怀抱，撒豆成兵一般，也个个长得虎头虎脑，灼灼有生气。

一晃，五月，夏天到了。万物生长，生命力最旺盛的季节，炽烈的阳光下能听见四周花草树木噼噼啪啪拔节长高的声音。一天晨起，我给花草浇水，无意间一瞥，发现芦荟顶部不知何时，悄无声息地伸出一根长长的花剑，分作三股，筷子般粗细，头部略鼓，昂首挺胸，似烛台，于微风中轻轻摇曳。莫不是要开花了！我将信将疑，上网查了下，果然是要开花了，而且芦荟开花不多见，是很难得的。我先是惊喜，继而有些内疚，以前真是亏待它了。赶紧小心翼翼地把它挪过来，正式在花架上给它开辟一席之地。

芦荟对生长环境要求不高，甚至没有要求。它太常见，以至于可有可无，绝大多数是配角，自甘平凡，暗自较劲，再恶劣的条件也不计较，甘之若饴。芦荟开花过程漫长，从花苞到开放，要酝酿一两个月，依然要经受自然的磨砺和考验，一如其甘苦备尝的生长经历。我现在觉得芦荟不是草，是当之无愧的花，而且是高人一等的花。

我开始对它刮目相看，已经迫不及待想看它开花了。

2019.06.01

百合花

七月初,百合花开,我把它搬进来,香香屋子。百合的香很馥郁,每次一进门,扑面而来的就是浓浓的香,和你撞个满怀,太香了!

百合花是去年搬家时买的,买了两盆。花市的老板说好养,冬天枯死,来年会发芽再生。我不以为然,百合花是花店里的常客,都是温室里培养的速生品,普通水土种不出来。从前过节时买的茶花、茉莉、杜鹃无不是花落即死,这些花草不过应应景而已。你想,如果你买回去,比花农莳弄得还好,那他们岂不是要赔死!

百合花期挺长,能开十多天。花败之后,尽管花茎仍然挺立至冬日天寒,最后还是力竭而死。这也是意料之中的事。我把花盆搁在墙角,不再理会。

三月春来,天气回暖。我欲腾几个花盆种芦荟,发现枯死的百合根部冒出几片绿莹莹的猫耳朵,娇弱可爱。我既欣喜又意外,把其中一盆连土埋在了院子西边的海棠树下,另一盆置于花架上，每日浇水，悉心照料。四五月，雨水多，地上钻出棕黑色的花茎，圆锥体，鳞片合围，层层叠叠，泛着粼粼的光。先是小拇指粗细，既而像大拇指，拔节长高，发芽生叶，像竹笋，一天一个样，直至蹿到一米多！真是野气十足。盆里的那几株虽然不接地气，但也拔到一尺多高，并不示弱。

五月下旬，百合花开始酝酿花苞，煞有介事，铆足了劲。六月末，纤细的茎端终于挂满一串串白中泛绿的铃铛，迎风摇曳，让人喜不自胜，于是天天盼着开花。我等得有些不耐烦，恨不能用手掰开！

七月初的一天，隐隐约约从窗外透进异香，似乎就在鼻子跟前。赶忙起来，果然，她不知何时叮叮当当全开了！满院子飘香，香气虽然浓厚，也不是浓得化不开，清冽，香远益清，浓而不俗。路人从院外经过，都会奇怪，哪里的花，这么香！

今年夏天昙花未开，我很有些遗憾。百合花倒有几分像昙花，花大如斗，花瓣六分，晶莹胜雪。百合的花蕊修长外吐，所谓"叶间鹅翅黄，蕊极银丝满"。昙花花蕊则是淡黄，含而不露。昙花开在寂静的夜里，自然多一点清高和仙气，但香不及百合，也不如百合能拉下架子，随处生长，自开自落。百合弥补了昙花的空缺，倒也恰如其分。

盛夏炎炎，海棠树枝繁叶茂，罩在百合头顶。她弯腰俯首,就那样袅袅婷婷地立着,浅笑盈盈,婀娜极了。

七月末,终于最后一朵百合花落,馥郁的香味一点点由浓而淡,消失无踪。虽然院子里还有月季、玫瑰、栀子、茉莉,但每次驻足,还是忍不住再看看她,忽然感觉,这个热闹的夏天有点寂寞了。

2019.09.14

柿子

院子里的柿子树种了有四五年。

那时候房子正装修，栽下时也就一米多高，比大拇指粗不了多少。究竟是种在墙里还是墙外，当时很犹豫。父亲说："种院里吧，柿柿（事事）如意，吉利。"《酉阳杂俎》也说柿有七绝："一寿，二多阴，三无鸟巢，四无虫，五霜叶可爱，六嘉实，七落叶肥大。"总之，处处都好。父亲当时疝气发作，无法久站，就搬个凳子坐着，看着我一锹一锹地挖土。从装修到搬家，前前后后折腾了一年多，柿子树就孤零零地守在院子里，靠天吃饭。搬进新家当年秋天，柿子竟然挂果了，结了七八个。我喜出望外，没想到柿子树这么好活。父亲笑笑说："那是你没看到它吃苦的时候。"

柿子不稀奇，老家一带，豫北太行山上盛产柿子。家家门前屋后，点缀着三三两两的柿树，树干颀长健朗，延伸至天际。山间错落丛生的大半是野生，漫山遍野，餐风饮露，有一股朴拙的野气。它们耐寒耐旱，像豫北的山民，敦厚朴实，再贫瘠的土地也能生根发芽，长成参天大树。深秋十月，果实成熟，从头到脚挂满黄灿灿红澄澄的小灯笼。摘下来放几天，软到一捏即酥，便可放心吃，核小肉多，甜得一塌糊涂，孩子们个个吃得汁水淋漓，毛胡子嘴。柿子好吃，也好看。每年秋天柿子成熟时，叶子经霜，青绿橘黄绛红染作一处，像油画家的调色板，涅槃一般，绚烂至极。街上常有乡下进城卖柿子的，骑一辆自行车，后座跨两只藤筐，里头码得整整齐齐的红柿子，见人来，就故意掰开一两只放在秤盘上，露出娇艳欲滴的果肉。我每次路过，总忍不住狠狠咽一下口水。小时候过年，家里总少不了柿饼、核桃和花生拼成的干果盘，我最爱舔外头那一层白霜。柿饼黑且干瘪，

柿子红了

但甜得粘牙，耐嚼。还有奶奶用柿饼切碎和面炸成的甜丸子，每次刚出锅，还没凉透，我就迫不及待地塞进嘴里，外凉里热，烫得龇牙咧嘴。

草木不言，但都是有感情的，你对它好它是知道的，人间的冷暖甘苦它都看在心里。去年十月，柿子只结了仨，秋霜催红，颜色很黯淡，透着薄薄的凄凉。没多久，被两只白头灰背黄尾的鸟儿（应该是白头鹎）飞来，啄吃了，饕餮一空。这俩家伙得寸进尺，竟然在近旁的海棠树上搭了窝，每日叽叽咕咕，龃龉之心，昭然若揭。某日清晨，我见墙头散落几根羽毛，窝也掀翻在地，一片狼藉，看来它们被野猫盯上了，凶多吉少。我有点惋惜。今春雨水多，柿子树很挺拔，碧绿耀眼。四月过半，开花。我数了一下，花骨朵少说也有三四十个。柿子花很特别，骨朵儿象牙白，有四瓣，也有五瓣，内有花蕊，素面朝下，如倒挂金钟，掩映在叶子之下，朴素，雅洁。如果不凑近看，你不知道柿子也开花。柿子花不香，但有蜜蜂嗡嗡萦绕，大概有蜜。

在这个柿花盛开的晚春时节，我得空就陪母亲在院里坐坐。我俩平静地谈论平淡的生活，回忆过去的日子，没话说的时候，就看着四周的花红柳绿，相对无言。这些年，她和父亲给我们看孩子，养大了大的养小的，像一双候鸟来来回回，一年大半时光耗在这里。葡萄熟、柿子红的时候，他俩都在老家，没吃上。我说，"等九月葡萄熟了，你过来帮我摘葡萄。柿子熟了，你也来。"母亲说，"给楼上楼下邻居尝尝，自己能吃多少。"

柿子不会说什么，它的心事便结在一枚枚饱满剔透的果实里，任你采摘咀嚼。它貌不惊人，弱不禁风，但开花结果却不含糊，只奉献，不索求。在柿花满树的仲春想象圆满灿烂的秋天，乃至雪打灯笼点点红的寒冬，是何其浪漫何其幸福的事，看似遥远，其实，也就一眨眼的工夫。

午后，我在院里看书，忽然听见熟悉的叽叽喳喳鸟叫，只见两只白头鹎结伴飞来，在栏杆上立着，朝着我指指点点。我心上一喜，不知是不是那两只贪嘴的鸟儿，又回来了。

2021.05.16

断菊

　　断菊不是菊花品种，因其断而重生，我就叫它断菊。

　　开封号称菊城，每到十月十一月，灿若织锦，花繁似海，但待得久，看得多了，也就不以为奇。这些年没养过菊花。前年去花市买花瓶，老板是熟人，顺手捎带了一小盆菊花，含苞待放的乒乓菊，开一种红中带紫的花球，倒也精致可爱。菊花贪水，又容易生虫，开过一季之后，我没怎么管它，日渐萎缩，瘦骨嶙峋。后来野猫半夜捣乱，把主茎踩踏至半折，倒伏在地，仅有几根纤维牵连，奄奄一息。我料定其命不久矣。没想到它隐忍勃发，绝境求生，入冬后，竟开出三朵浅紫色的圆绣球，给我一个大惊喜。母亲看它可怜，用毛线把它绑在栏杆上，有个依靠。它随风摇曳，孤苦伶仃。今年夏天，母亲把它拦腰剪断，扦插进另外一只瓷盆里，浇一次透水，搁到西墙的角落里。我说，这能活吗？母亲说，看看吧。

　　母亲名字里有一个"菊"字，人淡如菊，不与人计较短长。她善养花,早先在电影院大杂院住,门前种的月季花又大又香又好看,晚上电影散场,总有人趁夜色把花掐掉,甚至连根拔起偷走。父亲很生气,也不怕刺扎手!搬到东湖边的自家小院后,两人在东墙根儿开辟了一溜空地,用砖头斜插,垒一道波浪式的花池,养了各色的花。菊花并不种地上,养在瓦盆里。花不是常见的黄,而是少见的一种红,胭脂红。花大如斗,牵丝缠绕,开完留根越冬,剪去老枝,来年再开。后来他们不常回去,花池就荒了。顶多回去过年时,买些葱,煨在土里,吃个新鲜。有时候也撒个芫荽蒜苗,随吃随摘。花草之于他俩,既是习惯,也是寄托。

我喜种花,好看了买来,开败了就完,说好听是周濂溪"门前草不除,如自家意思一般",顺其自然;说不好听,就是动嘴不动手,糟蹋东西。好在有父亲母亲帮忙莳弄,院子才有了一年四季的花红柳绿。父亲在的时候,还一起去黄河滩上,挖来好几棵手腕粗细的野蔷薇。犹记得那是暮春三月的黄昏,晚归的大堤上,暖风熏人,遍野的油菜花香得人睁不开眼。直到现在,我还有点恍惚,父亲似乎从未离开。蔷薇后来都没活,有点可惜。

满院子的花花草草绝大多数都是因时因季而生,不堪摧折,一年到头你方唱罢我登场,吵吵嚷嚷,互不相让。待秋风渐起,几场冷雨下来,葡萄、柿子、海棠、百合、石榴大都叶子凋尽,只剩光杆,在寒风中瑟瑟发抖,束手就擒。我和母亲忙了大半天，把害冷的昙花、三角梅、茉莉、君子兰、绣球统统挪进屋里，热闹了一年的院子空荡荡，静下来。我有些怅然若失，真是曲终人散皆是梦，心里也是空的。

此时，那两盆貌不惊人的断菊开始大显身手，它们的秆茎虽然不粗壮，但叶子碧绿，很深。骨朵儿由小而大，由少而多，直至崩裂，绽开五六朵红灿灿的花。经霜后，更显鲜艳，迎风独立，成了响当当的主角。

人间草木，万物一理，一时的荣辱兴替，都不足论，到最后鹿死谁手，还真不好说。

一年来，经历了很多事，心里头兵荒马乱，现在总算安定下来。岁月流光不可绾，有时候心里事情多得装不下想发火骂人或者缴械投降的时候，来到院子里，看看这两株逆势而生的灿烂菊花，我就很受触动，甚至肃然起敬。

你看，花尚如此，人，还有啥可说的。

2021.12.03

春事

春分已过，清明在望。一冬的寒气消散殆尽。每天步行上班，走在松软的土地上，感觉地底的暖意正汩汩涌动，脚心都是热的。路边、校园、小区里、房前屋后，到处花团锦簇，春意醇厚，浓如酒。

小时候，春天到底有多好，我没什么印象。元宵节的鞭炮放完，乍暖还寒，还会持续很长一段时间。直到某一天中午放学回家，暖阳高照，浑身针扎，揪起毛衣领子，让热气呼哧呼哧冒出来，我才真真切切觉得春天到了。那时候看得最多的是油菜花。出门往东，穿过东湖，钻过老城墙的门洞，不远的沁河大堤上就有。成片的油菜花，一块块，一团团，金黄亘野，像随意涂抹的油彩，像晾晒的织锦，灿烂，耀眼。花太香，甜得发腻，待太久就如酒后微醺，会上头。还有榆钱儿。铜钱大小，青绿可人，一簇簇粘在树枝上，我们猴子似的爬上去，坐在树杈上，一把捋下来，塞进嘴里大嚼，曜曜有声，有一股草腥味，吃得没扔得多。

上小学时，我喜欢喂蚕。三月杨柳风起，一条条蚂蚁大小的蚕苗，从黑芝麻般的蚕籽里孵出来，渐渐吃成胖嘟嘟的蚕宝宝，最后化身蚕蛾吐丝死去，这个奇妙的过程前后两个月，在春末夏初结束。我最多时养过上百条，屋子里到处都是大大小小的纸盒子，大人不堪其扰，我却乐此不疲。夜深人静，蚕吃桑叶的微响，沙沙似落雨，落在枕上，凉在心里。养蚕不麻烦，麻烦的是找桑叶，桑叶是稀罕物，总得骑车出城到野外去找。有时候实在找不来，就用榆树叶先顶上，蚕吃了会拉稀，最多一两天，如果吃不到桑叶，就只能等死了。桑树因与"丧"谐音，很少有人专门种植，大多长在野地，且以坟地居多。这对我们来说都不是事，每次找到几株繁茂的桑树，不仅桑葚吃饱，嘴唇吃成酱紫色，同时恨不得把叶子统统扒光才罢休。

春来柳丝娇，大堤上柳树新发，如风似发，绵延不绝。挑些周正竖直的掰下，用小刀切成手指长短，剔去芯，留下皮，含在嘴里呜哩呜哩乱吹。春夏之交梧桐花开，似乎是一夜之间，风软软的，浸透甜香，紫色的喇叭层层叠叠，堆砌成一幢幢玲珑宝塔，立在枝头。用竹竿敲下，拔掉花瓣，把花蒂用线串起来，长蛇一般绕在脖子上比赛，看谁串得长。串这些珠子干什么用，真不知道，现在想来，实在是暴殄天物。槐花开的时候也是五月，天已经热起来。一串串铃铛垂下来，开在树上白如雪，风吹落地如雪白。粒粒晶莹剔透，清甜，也能生吃，但更多是采下来带回家，交给奶奶拌上面蒸。蒸熟晾凉，加蒜泥、醋、香油、盐拌匀调汁，吃的时候浇上即可，既挡饥，又是极佳的时令风味。

在电影院大杂院住的时候，门口是一条尺把宽的砖砌的排水沟，年久失修，塌了半截，露出黑黢黢的淤泥。有年夏天，父亲捎来几支莲蓬给我吃，莲子虽甜，但很涩，我随手把吃剩下的几颗莲子丢进下水道里。那时候小，夜里尿急，我睡眼惺忪爬起来，怕黑，不敢也不想去几十米开外的公厕，就解开裤子对着水沟解决。没想到，第二年春天，从下水道里竟然冒出来几朵新绿，猫耳朵一样，楚楚可爱。不几日再看，化成几柄娇嫩的小荷叶来，真是出淤泥而不染！

小姨和姨父曾经营过一个果园，他们包下村里的十几亩地，种上苹果、梨、杏、李子、核桃、葡萄，用篱笆圈住。每年春暖花开的时节，开车从开封回家，我都会提前下高速，拐道果园去看看。春天的果园，真是大美之地。竹外桃花三两枝，已经很喜人，更何况花深如云香似海！果园看着好，但要经营好，很辛苦，常人难以想象。小姨两口吃住都在园子里，养了两条狗做伴，后来都被偷果子的药死。春天嫁接剪裁，夏天打药灭虫，为果子套袋子，样样含糊不得。溽暑之中，穿着厚厚的衣服，戴着口罩，背着几十斤重的灭虫药，弯腰，呵背，在密不透风的果树中间穿行，一般人受不了这罪。到秋天，该收获了，也是跟时间赛跑，晚一天，就有很多熟透的果子落到地上，烂掉。早一天，价钱也能上去。人手不够，兄弟姊妹们都会去帮忙，我和母亲也去过几次。我最喜欢杏子，青黄的果子大如拳头，甜中带酸。每次我都买上百十斤回来，分给邻居好友。前年，小姨盖起一栋新房，为儿子买了车，娶了媳妇，但几年的劳苦并不能支撑这些花费，仍然欠下一笔外债。可惜，四五年前，合同到期，村里人看着眼红，不愿续租，协商无果，最后他俩只能忍痛把果树统统砍掉。十年树木，那些浸透了心血的果树正在成长的旺盛期，就这样亲手毁掉，心里的哀痛，可想而知。

从前生活朴素，单纯，在寡淡的生活中找些乐子已然很幸福。现在大家的日子如春花烂漫，才逐渐有审美的闲情，于是处处春光无限好。过去的春天，春风十里花满眼，带着几分横溢斜出的野性，散淡，随性。现在的春天，满园春色关不住，是刻意经营出来的，循规蹈矩，次序井然。春天，只要热闹妩媚，都很好。

春来天长日暖，对我来说，正是读书写文章的好时节，我摩拳擦掌，正想大干一番。不料计划赶不上变化，妻临时外出公干，起先说一星期，后来被征调一个月！我顿时心里如春草初生，乱哄哄。无奈，老二由爷爷奶奶带回老家，留下我与老大做伴，耳根倒是清净了，心里却静不下来。每日早上上学送晚上放学接，周末兴趣班，上班，做饭，打扫，辅导作业……这些家务事实打实，哪一样都少不了。柴米油盐，看起来不难，做起来可不容易，晚上躺床上想早饭怎么弄；烧稀饭找不到小米；天热了，不知道孩子的单衣搁在哪儿……一天到晚，心里总是慌的。晚上睡觉前定个闹钟，也就图个心里踏实，其实我哪一天都比闹钟醒得早。

妻常说我不食烟火，我不以为然，现在悔悟了。埋头书斋，从句读中度春光，固然是雅事，但终归是一己之私。一年之计在于春，春天是雄心勃发的季节，不过，在上有老下有小的中年人生里，老人孩子吃饭穿衣比什么都重要。

莫将闲事挂心头，便是人间好时节。

2018.04.01

惊蛰

甲戌正月十四日书所见来日惊蛰节

[宋]张元幹

老去何堪节物催,放灯中夜忽奔雷。

一声大震龙蛇起,蚯蚓虾蟆也出来。

"一声大震龙蛇起",这句有气势,读之精神一振。但"蚯蚓虾蟆"有点意外,像锦心绣口的宝玉突然张口骂街,这不就是使气骂座嘛!这首诗作于南宋绍兴二十四年(1154年),元宵节前日,那一年的元宵节和惊蛰正好重合,彼时张元幹受秦桧迫害,流离失所。这首诗自然就有了指桑骂槐的味道,讽刺当时的朝廷,龙蛇混杂,小人祸国。神州多难,既有置生死于度外,欲挽狂澜于既倒的英雄勇士,也有种种利欲熏心趁机作乱的魑魅魍魉,沧海横流方显英雄本色之际,也是跳梁小丑兴风作浪之时。

自然界如此,人间更是如此。

上周四，白天小雨淋漓，夜晚大雪纷纷。簌簌落雪的春夜，在枕头上抠着手机，遥看窗外灯火旖旎，雪花大如席，心里真是满足得不得了。早起在小区散步，远远看见一只花喜鹊扑棱棱来回飞上飞下，在地上找着什么。走近才知道，原来它在啄地上的蚯蚓吃。万物复苏，被关得太久，地底下的小东西也耐不住寂寞了。不远处的油菜花已开，虽然只是零乱的几株，但也是散金碎玉，黄灿灿的喜人，春天的意味已经很浓了。在那些看不见的远方，想必更是新绿漫野，春光骀荡了。

前几天打扫卫生时，我找到床底下前年春节剩下的一盒摔炮，舍不得扔。我儿时过年痴迷放炮，从腊月祭灶开始一直放到年后，过了正月十五还有十六，过了十六还有十九添仓，直到某日冰雪融化，炮衣碎屑殷殷染红一地，恍惚间，宛若款款而来的春姑娘脸上的点点腮红。我才觉得，真该收心了，既惆怅，又不甘。上学时，每次放假我都信誓旦旦要提前完成作业，最后总是猝不及防地发觉开学就在眼前，于是魂飞魄散，大汗淋漓地补作业直到深夜。现在不用写作业了，给娃当起了全职家教，没完没了地上网课，查作业，改作业，传作业。一边忙手头的工作，一边还要招呼好另外一头小神兽，稍不留神就上房揭瓦。我和妻每日忙得三魂出窍，鸡飞狗跳。真是岁月不堪恨，时光不可欺。

足不出户的日子过得就是快，转眼到了惊蛰，二十四节气中的第三个，春天过去了一半。如果把一年分成二十四份，小心翼翼地过，这终日忙忙碌碌无暇自省的生活还是有蛮多欣喜，粗枝大叶浑浑噩噩的日子换个眼光看，也变得精致起来。

这几天，天气晴朗，情况在好转。街上的行人和车辆多起来，大家都戴着口罩，小心翼翼，彼此都有着久违的亲切感。朋友圈里有学生一个多月没下楼，今天终于出去放风，"激动得想哭"。禁足蛰居的日子对心理和情绪是极大的考验，当时只道是寻常，往常那些平淡如水天天抱怨的生活，现在看来是多么美好！曙光已经隐隐约约开始显现的时候，最难将息。

过去的那个残酷的冬天，我们失去了太多。好在，眼前的春天还有好多温暖的事情在等着我们：下雨，花开，鸟鸣，月光，灯火，奔跑，梦想，重逢等等，该来的都会来。这时候，最期待那一声震动天地的惊雷，八千里春光摇曳，人间万物，回复平常。

2020.03.03

初夏即事

[宋] 王安石

石梁茅屋有弯碕，流水溅溅度两陂。

晴日暖风生麦气，绿阴幽草胜花时。

"晴日暖风生麦气"。这句很应景，写的就是现在，五月过半，将热未热之时。麦气是什么，一句话说不清。这时候你去郊外，青绿的麦子，弥望皆是，一支支如倒插的翎羽箭。细比针尖的麦芒交叠错杂，在一望无垠的青绿之上，织就一层薄薄的透明的青霭，笼盖四野。远观之，似乎轻而易举就可以掀起来，然而走近了，你已化入其中，反不知其所在。这时候，得狠狠热几天，几场燥热的东南风铺天盖地而来，麦子由青绿转为金黄，一下就熟了。空气中到处都是熟透的麦粒的香味，火辣辣的大太阳的味道，还有周围菜地里黄瓜茄子西红柿的味道，还有地头深沟里沤肥用的玉米秸秆腐烂的味道，很新鲜，很肥沃。这大概就是麦气，看得见，摸得着，闻得到。

割麦子是很苦的。那时候我还小，放了麦假就跟父亲母亲回老家，我什么也干不了，躲在桐树的荫凉下发呆。金黄的麦田里，大人们都在弯腰劳作，嚯嚯嚯的割麦声响成一片，能听见他们有一句没一句的说话，只闻其声，偶尔看见麦梢中间交替冒出的草帽。干热的东南风说来就来，气势汹汹，一个趔趄绊倒在麦地里，横冲直撞，扬起漫天的灰，大人们的声音和影子也被卷跑。

酷热的六月天和漫无边际的麦田，在我看来，没有多少丰收的喜悦，反而是不知何时是个头的无聊。在休息时，父亲会给我做"不倒翁"。材料很简单，用镰刀削几根均匀齐整的麦秸秆，三根拼成一个等腰三角形，再用一根从底边中点穿过，交于顶点。就这么简单。它可以立在指尖上，镰刀把儿上，草帽顶上，晃晃悠悠，就是不倒。这是父亲的发明，我没有见第二个人会做。

小满前后，正是青黄相接的关键时刻，是吃碾转的好时候。碾转，顾名思义，自然和石碾分不开。这时候的麦子正是灌浆期，还不饱满，但很鲜嫩。把麦粒搓出来，煮熟，倒进石碾子，石碾骨碌碌地转，一根根淡青圆条便从磨盘四周汩汩地钻出来。父亲爱吃，也会做，这是他颇引以为傲的拿手饭食。吃法有两种，一是炒。鸡蛋炒熟先放一边。切葱花，蒜瓣儿，油热爆炒，随即倒入碾转，撒盐，小炒片刻，再放鸡蛋即可。碾转吸油，要多放油。最好配几枚红辣椒，盛出来好看，红黄绿，闪着油光，一望即口舌生津。二是凉拌。将蒜泥，黄瓜丝，碾转条与盐、醋和辣椒油，一同搅拌之，清爽利口。不过我总觉得凉拌虽保留了青麦的原味，但有时遮不住生气，不如炒鸡蛋过瘾。每年碾转当季时，父亲总会托长途车司机给我捎一大包过来。只恨我平时不上心，只记得吃，自己动手时顿觉眼高手低，不是那个味儿。

这几天风很大，来来去去，急急慌慌，我认得它，它也记得我。我闻到了熟悉的多年以前的麦地里的气息，大人们的说笑声又原封不动地回来了。我知道它从哪里来，要到哪里去。

人的一辈子有多大，我不知道，可能就是这么大一片麦田，有些人割着麦子摸索着就走出去了，有些人从东到西，从南到北，穷其一生都在地里打转。他们的影子，他们流下的汗，他们的说笑，还有故事，除了他们自己，没人知道。这些东西有的被风带走，剩下的都被一脚一脚踩进土里，被岁月记下来，结在一粒一粒的麦子里。麦子不紧不慢地成熟，收获，不为任何人，不等任何人，以前长在土地上，现在长在记忆里。

六月将至，在那块遥远的土地上，麦子一茬茬的由青变黄，由黄变熟，从前是这样，多年之后，依然如故。

2020.05.23

那年端午

从前上学，端午节不放假，没觉得是个节，吃几个粽子就过去了。有时候，端午若赶上周末，父亲会买一只烧鸡，母亲炸菜角和糖糕，烧一碗酸辣鸡蛋汤，这是最圆满的。菜角要用烫面，关键是馅儿，不外乎粉条、韭菜、鸡蛋、豆腐；糖糕也简单，红糖或白糖，也可点缀几颗花生。奶奶偶尔会寻来一点雄黄酒，蘸一点抹在我的额头和耳朵上，说是五毒不侵。瞬间便有了过节的神秘和仪式感。至于辟邪的五彩香囊，我没怎么见过，和美味的吃食比起来，只是点缀，可有可无。

鹿米仓胡同西头的空地上有一棵大槐树，树龄已过百年。树老根深，虬枝盘旋，树干需两人才能合抱，枝叶铺展开可覆盖整个天空。五月初，夏槐花开，天已热起来。一串串铃铛垂下来，开在树上白如雪，风吹落地如雪白，似有仙气。槐花剔透、清甜，能生吃，采下来拌面蒸，加蒜泥、醋、香油、盐拌匀调汁，乃是极佳的时令风味。后来有老人在树下烧香，给它缠上红丝带，供起来，谁也不敢轻易动它了。空地东侧住着一位老婆婆。房子很旧，屋檐很低，墙根儿留着一道深深浅浅的坑，如她额头深深的皱纹。雨天，水顺着瓦片滴下来，滴滴答答，很快连成线，织成一挂雨帘。她就搬个小板凳，坐在门口，默默地看天，看来来往往的人。有人路过，她就笑着招呼："回来了！"雨一停，她继续佝偻着身子，乐呵呵地出来进去，忙前忙后。端午前后，她照例在门口支一张桌子，摆一只大木盆，里头是扎成一串串的青粽子，泡在水里，泛着盈盈的亮光。她的粽子便宜又好吃，五毛钱一个，远近的街坊邻居都来买。买回去，拆开粽叶盛在碗里，简简单单，糯米、红枣、花生、红糖或是白糖，也有纯豆沙馅儿的，红白分明，像"胭脂颊上一朵红，须臾日照转欲融"，真是恰到好处。我喜欢撒一撮白糖，用勺子挖着吃，又凉又甜。

六月，石榴花红葡萄青，荷花待放，四处蛙声。小巷里有种石榴的，树冠如伞，高过房顶，一只只灼灼的红花探出墙头，眨眼。还有雪白的木香或绯红的凌霄，蓊蓊郁郁，顺着院墙，如野火一般，四处蔓延，很快把几家连成一片。西邻家的葡萄也从楼下长到楼上，从院里长到院外，盛不下它了。邻居索性就扯几根绳子，给它在胡同上空上架。几天下来，绿色的藤蔓如波浪翻腾，遮天蔽日，淹没了半条胡同。接下来，一串串果实接二连三地滴溜下来，青涩，透明，抬头看一眼，总忍不住咽几下口水。

老宅宜消夏，纵然骄阳如火，院中的老棕树都能将酷热拒之门外。这几年老宅子一直空着，没有人气，显得落寞。父亲站在门口，仔细端详墙上斑驳的门牌：鹿米仓3巷19号。他很感慨，好像怅然若失："你看，三十年了！"

今年端午闷热，湿热。天阴得重，燕子飞得很低。一人早，父亲满头大汗地从外头回来，从自行车上卸下来一大堆东西：韭菜、豆腐、桃子、甜瓜、西瓜。他先把一把艾草小心翼翼地挂到门把手上，把韭菜择净，一根根捋好，豆腐洗了切成块儿，放在案板上；又洗了一大盘的桃子，那种青皮尖儿上带红的嫩桃。任务完成，他左手拉着摇摇车，右手提

老宅门牌

着捞鱼的网兜,领着俩孙女乐呵呵地往湖边去了。直到快晌午,他扛着两柄大如伞盖的荷叶,一边吆喝,一边在后头撵着俩娃娃回来。"咣当"推门进来,仨人嘻嘻哈哈,还没疯够,父亲弄了一大盆凉水,俩孩子就跳进去扑腾扑腾玩水,他摇着扇子,躺在竹藤椅上吱扭吱扭地看热闹。母亲在厨房忙活,埋怨父亲只添乱,不帮忙。他光笑。

饭菜妥当,大大小小一家子就在院子里坐下来。父亲取出一瓶珍藏多年的五粮液,招呼我坐下喝两杯。我有些奇怪,"爸,你不是不喝酒了?"他抹了一下嘴,有点不好意思。

没吃几口,大风骤起,黑云翻墨,雨点噼噼啪啪砸下来,打得房顶上白茫茫一片。父亲大笑,"这天,说下就下!我去把车子推进来。"好一会儿,却不见他回来。这时候,雨越下越大,暗如黄昏,我急忙起身去寻父亲。打开院门才发现,胡同内大水弥漫,哪还有父亲的人影!

呀!我睁开眼,挣扎着坐起来。此时晨光熹微,窗外有风,訇訇鏜鏜,汹涌澎湃。窗帘呼呼啦啦地响,一阵凉气涌了进来。

2021.06.13

月光堂堂

小时候，似乎没怎么过过中秋。大致八月十五前，大人们会互相串串门，互送一些吃食，大同小异，有点心有月饼。月饼大半是五仁的，硬得像石头，里头的冰糖粗粝而饱满，硌牙。偶尔也有枣泥的，又太黏，粘牙。总之，没什么好吃。父亲母亲更看重的是老家亲戚捎过来的玉米糁，白面，花生，这才是过日子的主粮。我和哥高中时，如狼似虎，一个月家里要吃掉一百斤的面！月饼不过是点缀。但那时候的中秋节很快乐，就像堂堂的明月，月光如水，汪洋四溢，圆满，安静，真没有一丁点忧愁。

哥的生日是八月十六，中秋节后第二天，捎带着也就过了。形同鸡肋，聊胜于无，我有点同情他。

当时家里有一只油光光的竹篮子，高高挂在床头的墙上。父亲去粮油店买馒头时，有时心情好了，会捎回来几个黄灿灿的面包，搁在篮子里。我和哥一次只能吃一个，吃的时候也舍不得一口吃掉，慢慢揭掉那一层薄薄的皮，细细地嚼。我和哥都馋得心神不宁，但谁也不敢偷偷去取着吃。母亲常埋怨父亲，你就不能多买几个！那时候的粮票是可以当钱花的，父亲俭省惯了，一直舍不得多买。到后来粮票不再流通，他攒下的几百斤粮票搁在抽屉里，统统成了废纸，父亲更心疼了。

下午，哥打来电话，说刚去医院看了四姑父。四姑父脑梗住院，精神尚好，心里清楚，嘴跟不上了。姑父不到七十，还不算大。医生说他的病根儿出在心脏，就像一台汽车年代久了，发动机老化，这是不可逆的。在医院也只是服药缓解，建议回家休养。姑姑不想让出院，"他在医院我放心，回家再犯病咋办！"他陪四姑姑坐了一个多小时，没说什么，也不知道该说什么。他说这些话时，很平静，我却是百感交集。

四姑父从前在淀粉厂工作，常到青岛跑业务。每次回来都会带给我们几盒青岛钙奶饼干，长条，黄油纸包装，牛奶的甜香，至今犹在口中。现在超市里的饼干千万种，不是那个味儿。每年春节，初三，一大家子聚餐拜年，应应景罢了，也就个把小时，餐毕，拖家带口，各自散去。每次见面，他喜欢拉我下象棋，我俩的水平伯仲之间，他赢得多些，若哪一步没走好，输了，他会拉我再来一盘。他偏瘦，胃不大好，面颊泛红，鼻头总有酒糟红。喜欢喝两口，但很少喝多。他退休后喜打门球，每次打球回来，总捎上一只鸡腿，二两酒下肚，也不吃饭，倒头便睡，痛快固然痛快，为他的病埋下隐患。不过也有好消息，二女儿学音乐，留学归来后在北京一所高校工作，近期专程开车回来，准备接他进京看病。

哥执意要把上次的钱转还给我。开学前，我回去接父亲母亲来这边带孩子。一切收拾停当，第二天早上，父亲骑自行车去买菜，被一辆小汽车撞了，左肩膀粉碎性骨折。家里一下乱了套。每次来我这里之前，父亲都会照例去买药，还有一大堆东西：烧饼、肉丸、蔬菜，习惯了，我也劝不动。我无法待在家处理这些事，只能由哥承担，我转了点钱给他："我出钱，你出力吧。"他和嫂子在单位、医院、交警队来回跑，赶在中秋节前处理完结。

我书是读了不少，但不切实用。遇见这类事情，多半还是交给他来打理。他总是说："你回去忙吧，没事。"我平常回去的少，每次见面，少不了喝两杯。他知道我白酒不行，就备好啤酒，相对无言，各喝各的。有时候也拣些轻松的话题聊，真正的心事与不快，藏起来，不提。

这几年，家里的病人渐多。小姑父两个月前忽然中风，右半侧行动不便。小姑患乳腺癌多年，需定期去郑州检查化疗。表弟担负起两个老人的治疗和护理，年纪轻轻，正是创业的时候。但老人需要你的时候，一切都不重要了。他毅然停掉自己的门市，全力投入照料老人。当年他上初中时，害过一场大病，凶险得很。姑姑和姑父带着他四处求医问药，不放弃，后来奇迹般痊愈。这小子知恩图报，够仁义。

二姑姑近来身体也不怎么好，也要断断续续去郑州治疗。有时候，凑巧了，她会和小姑俩人拼车同去。

姊妹几个互相探望，探望归探望，于己是尽心，欲说而忘言，于人无济于事，病痛不会因此减少半分，更多的是心理上的安慰。几个姑姑在城里相距不远，平日轮流各家打牌，父亲母亲也常去参战。若哪天去看病治疗不在家，就在微信群里周知一下，回来再战。每次在微信群里看她们互报平安，约着去旅行的种种信息，心里总是很温暖。病患既来之，水来土掩，生病衰老，也是生活的一部分。流光如马去不回，这些昔日的姊妹们都老了，但一个个都活得硬硬朗朗，一大家子在一起，热热闹闹，真不知愁苦为何物。

人生种种困厄，说来就来，不给你准备的时间。中秋每年照样要过，心境已大不同。明月朗朗，如别在心口的一枚徽章，时时擦拭，总是亮堂堂。夜静秋深，坐在书房，抬头，月亮总挂在窗户一角，从未离开过。自小在农村生活的父辈，生命深处早已与月亮绾接一处，即使离乡进城，名下的田地转给他人耕种，何时该收秋点麦，何时该浇地春耕，依然是念念不忘的本能，总时不时想回去看看。只有踏上老家的土地，空落落的心才有了安放之所，才踏实。直到现在，他们过生日仍然只过阴历，我也是。时光无依凭，亘古以来便是如此，梦里曾来似旧游，与从前差不多，人呢？

时间留不住，成长不声不响，连四岁的小金子都隐约知道了些。早上，我哄她吃饭："你好好吃饭才能长高，你想不想长高？""我不想。""为什么？""因为我长高了，妈妈都变老了。"听得我心上一颤，她懂得可真不少。

就这样，我俩聊了好长一会儿，他最后还是把钱转给我。

他在电话那头说："不早了，挂吧，没事。"挂了电话，我才想起今天是八月十六，他的生日。

2019.10.18

立夏

今日立夏,庚子春尽。

看日历,早知今日立夏,但真到这一天,还是暗暗心惊,一年将半,夏天真的来了?物候多变,世事无常,有些东西,你怎么也准备不好。

春日苦长,乱翻书打发寂寞。钟叔河先生《念楼随笔》有一则书话讲桓温北征的典故:桓温北征,经金城,见年轻时所种之柳皆已十围,慨然曰:"树犹如此,人何以堪!"攀枝执条,泫然流泪。生命有限而流年易逝,这是人类普遍的永恒的悲哀。王羲之《兰亭序》和朱自清《匆匆》写的便是它。不过常人"欣于所遇"时,就像飞舞在阳光中忙着找对象的蜉蝣,不会感觉到这一点。

桓温在史书上被称为叛逆,说他是"孙仲谋、晋宣王之流亚",反正是一个野心大本事也大的人。他二十三岁就当了琅琊太守,可谓少年得志,后来在东晋朝廷中的地位步步上升,少有蹉跌。此次北伐,据余嘉锡《世说新语笺疏》说在太和四年，桓温的权力已臻顶峰，总统兵权，专擅朝政，到了可以废立皇帝的程度。然而"公道时间惟白发"，"温时已成六十之叟"，大概觉得纵然人生得意，仍然"大命未集"。这时候，大司马领平北将军也就现了原形，仍然是一个普通而真实的人。

言简意深，把该说的话都说尽了。

《世说》人物不可尽数，无论是坦腹东床本色示人的王羲之，还是指点江山运筹帷幄的谢安；无论是覆巢之下无完卵的孔融，还是一曲终了从容就勠的嵇康，俯仰之间，皆为陈迹。树犹如此，人何以堪！世间皆过客，又何止春天。

今天大风不息，花落残红一扫空，把恼人的春天收拾得干干净净。最难收拾的是心情。

理学大师孙奇逢说：人生最系恋者过去，最冀望者未来，最悠忽者见在。夫过去已成逝水，勿容系也，未来茫如捕风，勿容冀也。独此见在之顷，或穷或通，时行时止，自有当然之道，应尽之心。乃悠悠忽忽，姑俟异日，诿责他人，岁月虚掷，良可浩叹！

沉湎于过往之中，难免伤人且自伤。时光不堪用，稍稍一愣神，它就跑远了。唯有抓住现在，才有明亮的未来。

几场春雨下来，屋后的竹子新发，一夜之间蹿出来十几根竹箭，才两三天，拔到一人多高。这是父亲母亲两年前帮我种下的。南方的黄金竹爱光喜湿，刚种下时水土不服，死了好几棵。他俩并不气馁，每隔几天，都会来给竹子浇水。俩人一个在墙里，一个在墙外，起初是母亲在里头，弯腰一桶一桶从鱼池里哗哗地舀水，递给立在墙外的父亲。父亲轻咳两声，拎起桶，慢慢走到屋后，细细地挨个儿浇透，再折回来。后来母亲心疼父亲有疝气，俩人就倒个个儿，父亲舀水，母亲提水。七八个来回下来，很累人，但他俩的心情总是轻松和满足的，如水桶里的水，随脚步轻轻摇曳。

花草也是通人性的，你对它用心，它自会报答。照这架势，不出三两年，万竿齐发，屋后定然会是郁郁葱葱的一丛竹林。

2020.05.04

那些夏天

好几年没有在老家过过夏天了。

老家的宅院已有三十多年,中间翻修过一次,外表看还很周正,但长时间无人打理,面目有些黯淡,像多愁的人面蒙上一层灰,无精打采。院子坐南朝北不向阳,两层砖瓦楼房,上下各三间。因盖得早,地基低,一到夏秋雨季就返潮。墙上的瓷砖会流汗,总也擦不干。被褥沉甸甸的,躺上去像泡在水里。电视机打开呲呲啦啦跳火,半天才出影。衣柜会长毛,粘上星星点点的雪花。老宅不够堂皇,格局不大,且冬冷夏热,但很幽深。院子东北角的那棵参天的棕树,年年开花,黄绿参半,幽深之中又嵌入一点隐秀之气。

清晨将热未热,傍晚暑热将息时,我常搬个高板凳当桌子,再搬个低板凳,在楼上屋檐下看书,或者瞎想,发呆。有时候什么也不做,凭栏看东边不远处的东湖。湿热的夏天,见得最多的是蜻蜓,一架架雪片似的漫天飞,透明的翅膀熠熠闪着金光,有时候两只,甚至三只叠罗汉一起飞，很神奇。汪曾祺说他小时候常捉几只蜻蜓放进蚊帐里吃蚊子，我没有试过。还有低空从头顶掠过的燕子，那里面就有几只住在我家屋檐下。屋檐下原有一只吸顶灯，被燕子妈妈看中，不辞劳苦地衔来树枝和泥土，在灯和楼板的缝隙处盖了一个巴掌大的窝。父亲拿竹竿捣毁了两次，但燕子很执着，硬是重新把家修起来。奶奶说，算了吧，既然它们愿意来，就让它们住下吧。父亲剪了一张废纸箱皮，用绳子吊在燕子窝下边，接住它们的排泄物，从此早晚啁啁啾啾，冬去春来，相安无事。

东湖边残存一段土城墙，古野王城墙，千疮百孔，貌不

夏日东湖上的蜻蜓

惊人，却很有来历。城墙始建于西周，秦始皇曾迁卫君角居此，"卫君角率其支属徒居野王，阻其山以保魏之河内"，说的就是这里，河内是沁阳的古称。小时候常去城墙上攀爬，亲眼见过土堆里挖出人的骷髅头，听说夜里还有蓝荧荧的鬼火飘荡。初中时写过一篇《古城垣守望》，遥想昔日的征伐厮杀金戈铁马，莲叶何田田的东湖，远处沁河大堤上升起的一缕缕炊烟，借以表达世异时移的今夕之感，在那时的年纪，这样的话题有些矫情。但有一点值得鼓励，年少敏感的我，似乎总能从寡淡琐碎的日常中抓住转瞬即逝的一点温情和希望。文章写成，尚祥伯帮着改了几改，几乎等于重写。我厚着脸拿去参加县里的散文比赛，竟得了一等奖。

高考那年的夏天，我考得不好，歧路彷徨心惘惘，感觉一切都没了意义。在屋里发呆，茶饭不思。尚祥伯来找我，我也打不起精神。他忽然提出要和我下棋，就在院子里支开架势，一枰相对。我的心根本不在棋上，游移不定，很快立马车成势，危在旦夕。眼看大局已定，他却走出缓招，我侥幸逃出生天，和棋收场。我知道他是故意让着我。他勉励我，人生如棋，虽然落子无悔，但不到最后一刻，总还有补救的办法。哀莫大于心死，凡事要学会入乎其内，出乎其外，遇到难处，试着跳出来，看得远一点，这条路走不通，试试其他路，比别人多花点力气就是了。是夜，我做了一个梦，梦见满院藤萝缠绕，遮天蔽日，继而红花开遍。我前思后想好几天,既然比旁人慢了几步,那就赶紧爬起来去追,生活永远是自己的,自暴自弃于事无补。当年的挫折确乎残酷,我很庆幸醒得早。

晚上太热,睡不着,也会出来站一会儿,看看头顶的夜空。月亮大而圆,是如炭火般的橘红色,如强弩之末的烈日,让人绝望。只有在夜半时,才恢复了常见的银白,而这光亮也分毫不觉其凉。仰望星空,浩瀚无垠,我一直分辨不出哪是银河,哥常得意地指着远处的夜空,大喊:"笨!看见没,就在那里!透明的带子!"可我就是看不见。我很自卑。后来他早早戴上近视眼镜,我才怀疑他也看不见,不过是在咋呼我!

盛夏万物蓬勃,蓬勃得仿佛时时能听到草木花树拔节疯长的咔咔声。触目所及,皆为怒放的青绿。池塘生春草,园柳变鸣禽的物候似乎一夜间就完成了交替,四季乐章的高潮瞬间抵达。万顷荷叶如海,层层叠叠,波浪翻涌,荷花以白色居多,偶有令人惊艳的绯红,一支支亭亭玉立,如烛光摇曳。夜间,听棕树唰拉唰拉喃喃低语,便知道下雨了。雨水大的时候,池塘水直漫到家门口,漫过第一个台阶。翠绿的小青蛙在胡同里迷了路,到处乱蹦。雨后的空气被水洗过,很鲜,青草味、荷花荷叶香、被打落的花瓣味、还有被蚯蚓疏松过后的泥土味,连咕咕呱呱的蛙鸣也湿漉漉的,带着星星点点的清凉,一声一声送到心上。

夏夜的消遣最受欢迎的是打扑克。在胡同口路灯下，支一张方桌。大人小孩都赤着脊梁，胸口都贴着一坨似酒后的熏红色，大人摇着扇子，小孩子嘻嘻哈哈。四个人打牌，更多的人围观。牌逢对手时，气氛很凝重，有时因一手好牌，起死回生，大家会一起叫好。将获胜的一方，尽力按捺心里的激动，眉眼却禁不住露出得意的喜色，暗暗和对家眼神示意，下一把便可使出杀手锏。败局已定的两人，则相对苦笑，彼此点上一支烟，缓解一下尴尬的气氛，纵然即刻引颈受戮，也得做出不在乎的样子。这牌局一般从饭后打到凌晨，直到暑热渐散，腋下生凉，才渐渐散去。

今年的夏天尤其热，直热得人三魂出窍，雨水也少。天地都被晒化，化成一团密不透风的蒸汽，像在影影绰绰的澡堂里泡澡，水淹到胸口，热得心慌，喘不过气来。我们家第一台空调，是在2006年房子翻修后才装上。没有空调的日子是怎么过来的？中午抻一张席子，睡在楼下地板上，头顶吊扇哗哗地吹，还很惬意。晚上只能在楼上睡，凉席在晒了一天的房间里聊胜于无，躺下去粘在身上，像糊了张膏药，黏糊糊的难受。几秒钟挪一下，找个稍稍凉一点的空当，都差不多。电扇只是加快了空气流动，吹来的都是热风，整夜大汗淋漓。跑下楼接一盆冷水披头浇上来，从头凉到脚。

冬天冷了大不了多穿几件多盖几件，但夏天的热真是让人无计可施。即使有了空调，平常我们不在家，父亲母亲也很少用，嫌费电，习惯用那台老掉牙的菊花风扇，吭哧吭哧地摇头。那时候经常停电，县里的线路远远承受不了家家空调的负荷。大家正准备洗澡上床，突然就断电了。呲呲啦啦，各家打开院门，黑暗中，大家坐在自家门口，谁也看不清谁，抱怨天热，抱怨电业局，抱怨工资总不见涨，鸡蛋猪肉快吃不起了，抱怨孩子们现在都不想回来。直到忽地一闪，胡同路灯亮起，又是一阵呲呲啦啦此起彼伏的开门关门声，胡同里彻底安静下来。

我自打出门上大学，再回来就成了客，成家后更是如此。每次我们回来，父亲母亲早早把楼上楼下收拾得一尘不染。后来有了孩子，我们回来得更少了。冬冷夏热的老家，没网络，没 Wi-Fi，没 iPad，没旋转木马，不回来也罢，他们不忍心让自己的孙女回来受这份罪。

暑假稀里糊涂就过去了。立秋后，几场雨下来，天凉了。不知何时，漫天聒噪的知了叫换成唧唧的蛐蛐声，夜深人静时，感觉分外安宁。小时候喜欢在路灯下捉蛐蛐，一手拿一只空塑料瓶，一手照准黑点一扣，很快就能装满整整一瓶。黑压压的蛐蛐隔着瓶子朝你龇牙咧嘴，也不知道是哭还是笑。或者揪一根狗尾巴草，掐着脖子一只只串成串，瓶子装也好，串成串也好，回去都是给猫当点心。猫囉囉哧哧几口吃进去，兴奋地低声呜呜叫。现在想想，那时不懂好生之德，有点残忍。

清晨，迷迷糊糊听到窗外訇訇镗镗的声响，像波涛夜惊，风雨骤至，一阵比一阵汹涌，一阵比一阵澎湃。窗帘呼的一下倒退几步，一阵寒意随着冷风从窗外送进来。起来到院子里一看，墙角的柿子耷拉着脑袋，手拉手簇拥在一起，已经黄了。

秋天真的来了。

2018.09.15

不觉初秋夜渐长

初秋

[唐]孟浩然

不觉初秋夜渐长,清风习习重凄凉。
炎炎暑退茅斋静,阶下丛莎有露光。

在手机上读到这首诗时,正在栾川的山里。闰六月,十六,恰逢立秋,秋夜凉风,屋舍寂寥,山静水清,俨然就是眼前。

栾川旅游这几年名气很大,公路一直修进山里,修到景区门口。公路一侧,鳞次栉比,皆是农家乐、客栈、宾馆。不知是政府统一规划,还是农家自发为之,开垦出成片的空地,整整齐齐种满了月季、刺梅、美人蕉,还有五颜六色叫不上名字的花草,好看固然好看,但有些刻意,画蛇添足了。在我看来,山间随意生长的修长的柳树、青青的柿子、大如拳头的核桃,还有毛茸茸的板栗和毛桃,就很好。

这里蜿蜒起伏的伏牛山系，兼备北方山脉的粗粝豪迈，又有南方山脉的柔美温润。我们住的农家院就在山脚下，背依大山，面前二十步开外就是一弯清冽的溪水，潺潺缓缓。院子里种着竹子、核桃树，枝叶扶疏，树下摆着几张石桌石凳，再点缀些袅袅婷婷的美人蕉，简简单单，把院子打扮得既雅致又热闹。

出院子往西五十米，有一座高大的水泥桥。站在桥头，可俯瞰整个山谷。四下弥漫着潮湿的水腥气。东边天际，月大如轮，从山头慢慢探出头，从山坡上滚下来，滚到房顶上，跌进小溪里，扑通一声光影四溅，整个山谷铺了一层薄薄的雪。溪水银光闪烁，仿佛从时光的深处流出来，一路蜿蜒，从脚下穿过，向未知的远方流去。

夜空澄澈，撒满星星，好久没有见到如此浩瀚灿烂的星空了，可惜我只认得北斗七星。它压得很低，勺尖快挨着山头，斗柄南指，一年又过去了大半。快到七夕了，牛郎织女相会的时间，我正努力寻找银河的踪迹，只见一道红光，一颗流星拖着长长的尾巴，划过远处的天空，不禁一阵小惊喜。小时候的夜晚，可是天天抬头都能看见漫天星星的，记不清有多久没有好好看过头上的月亮和星星。

溪水边，有人打手电，蹚着水，扒石头捉螃蟹。有人安然垂钓，红色的烟头一明一灭。山谷里除了水声，就是唧唧的虫鸣，大半是蛐蛐，偶有几声知了嘶哑的叫声。夏末初秋，正是蛐蛐活跃的时候，小时候放暑假，常和玩伴在路灯下捉蛐蛐，用空瓶子装起来，或者用狗尾巴草串起来，回来喂猫。小区的池塘里，养着十几条大金鱼鲤鱼，一到晚上，都仰着脸，噘着嘴，聚拢在池塘边的路灯下，守株待兔，等着蚊虫自投罗网。一有飞虫掠过水面，便争先恐后探出头来，甚至跃出水面，争而食之。这里，夜间倒听不到蛙鸣，终夜不绝的，是哗哗的流水声。

虽已立秋，但离真正的秋天还早。刚进末伏，夏天远没有收场的意思，悄悄蛰伏在漫山遍野苍翠欲滴的树林里，在一泻如练的瀑布上游，在石缝间悄悄开放的秋海棠丛中，在柳树上钉着的一个个蝉蜕里……摇头晃脑，伺机而动。待到雨头一过，云彩散去，在烈日的助阵下，就会卷土重来。

如今，季节的更替早没有清晰的界限，城市中的人习惯了暖冬、雾霾、沙尘暴、一下大雨便看海，这些季节变化的症候，人间草木的细节，是体会不到的。春夏秋冬，只有在乡间、在山里才能真正感觉到吧。

头天上午刚进山时，溽暑蒸人，如洪炉铸剑，躲在水边的树荫下，仍然大汗淋漓。午饭后，厚厚的黑云压下来，填满整个山谷，一场雷雨及时赶来，轰隆隆，山里很快清凉下来。接下来两天，阵雨不断，山上的水大了，溪水也涨了，漫上了农家院的水泥地。夜深人静，水声响彻山谷，总让人感觉窗外有风雨，分不清到底是流水声还是雨声还是风声，开着窗户，就在耳边，声音越大，反越觉安静，睡得越踏实。夜晚，更多存在于听觉中，秋夜尤其如此。唯其寂静，方才可听。

还有什么比这更好的时刻呢。

"不觉初秋夜渐长，清风习习重凄凉。"夜凉如水，晚上睡觉，躺下来，可以看到远处夜色中群山的剪影，眨眼的星星，凄凉还谈不上，但山间的微风还是有沁人的凉意。孟浩然一定是心有所感，物有所触，才觉凄凉。

秋天的凉意，最先从心里升起来。

2017.08.11

留得枯荷听雨声

宿骆氏亭寄怀崔雍崔衮
[唐]李商隐
竹坞无尘水槛清,相思迢递隔重城。
秋阴不散霜飞晚,留得枯荷听雨声。

知道李商隐,就是从这两句诗开始的。

这两句诗初见时,说不上好在哪里,只隐约觉得意境苍凉,背后有无限心事,说不清楚,真是莫名地喜欢。当时我上初中,会写几笔毛笔字,便经常代表学校参加县里的书法比赛。有一次写的便是这两句,大概是从哪本字帖上抄来的。那段时间正痴迷周慧珺,她的行草笔法奇绝,笔画如斩钉截铁,力有千钧。可惜我只得三分形似而已,对于其出入晋唐,仰首阔步的神韵,望尘莫及。在现场写的时候,我刻意将"声"字下边耳朵最后一竖拉得很长,墨迹由浓到淡,由肥变瘦,枯涩相间,笔断而意不止,想把那种剪不断理还乱的情绪传达出来。当时有老师夸我写得好，有想法。正是这一点点妙手偶得的创造，后来得了一等奖。

喜欢这两句诗，还有一个原因，就是家门口的东湖。怀州东湖，李商隐的老家，他当年应该是来过的（其《河内诗之湖中曲》便是明证）。不大不小的一顷池水，一岁一枯荣的田田荷花，使我的记忆与想象便有了安放之所。冬至未至，冷雨霏霏无尽时，满池荷花早已凋谢，四散零落在水中，到处是衰败的气息。在湖畔彳亍的诗人，此刻的内心无比苦楚，如同斜插在凄风苦雨中的一柄枯荷，任凭风吹雨打。一句"留得枯荷听雨声"，便将这种人类共有的心理体验，这种深入骨髓的孤独感一语道尽。

早春东湖

好的诗都有极强的画面感。每次读到这首诗，总会想起八大山人的画：空旷如天地的留白，几支荷花，一块怪石，参差错落，无精打采地伫立在想象的万顷湖水里，或是庭院里一方池塘里，一只水鸟踞在石头上，冷眼斜视，若有所思。这也是一种孤独，一种睥睨众生、独与天地往来的孤独。

李商隐的很多诗，看似写雨，实则都在写自己挥之难却的孤独："何当共剪西窗烛，却话巴山夜雨时"是聚少离多、后会无期的孤独；"滞雨长安夜，残灯独客愁。故乡云水地，归梦不宜秋"是家山万里、关山难越的孤独；"红楼隔雨相望冷，珠箔飘灯独自归"是孤枕难眠、有情人难成眷属的孤独……

秋风秋雨愁煞人。人生困顿时，易生无力感，感怀与思念无药可解，孤独成了噬咬内心的怪兽，飘渺的思绪总要有一个具体的物象来寄托，于是家乡、亲人、故友、情人，乃至于旧日的一个个温暖瞬间，常成为心绪归宿之地。你和我，我和你，此时此地，他乡故乡，虽彼此暌隔，但在这个孤独的瞬间，冥冥之中也会有某种神秘的联系。

其实，说到底，你我有时候不过是，彼此生活中一个个孤独的瞬间（博尔赫斯）。

2019.08.06

流年四十

从来没有像现在这样在意时间的流逝。岁末隆冬，昼短夜长，仿佛一个黄昏接着一个黄昏，暮霭沉沉，分不清是时间的起点还是尽头。一年的尾巴就这样轻易地从指间溜掉了。

这一年是改革开放四十周年，1979年出生的我，正式跨入不惑之年。

时间是最公正的，每天都一样，四十岁之前和之后的阳光，一样温暖。但我还是不愿相信，四十年的光阴都去了哪里？我很向往电影《记忆大师》中能把记忆分类储存的技术，像切蛋糕一样，舍弃一切忧伤和昏暗，只保留快乐和明亮，予取予求，那样的人生该多好。

八十年代，懵懵懂懂地长大，那时候上学有麦假，还有秋假，城市与乡村没有区隔，脑海里留下的都是乡下爷爷奶奶的身影。后来搬到县城电影院的平房里，过足了看电影的瘾。乡下的老屋塌掉了，电影院的平房已改建，我还能时时记起平房里潮乎乎的气味。

九十年代,一家人终于有了自己的房子,在县城一角安顿下来。

而今院子里的棕树高可参天,要顶破塑料棚了。曾经生活的地方都改换了模样。后来,我到郑州上学、工作,然后转战开封,上学、工作,直到现在。从沁阳到郑州,再到开封,从莽莽苍苍的太行山到浩浩汤汤的黄河边,不到二百公里的行程,用去整整四十年。我生来愚钝,在开封已生活十八年,异乡感仍在,随遇而安的淡然,不随人俯仰的迟钝,既以物喜又以己悲的本能,没有改掉多少。好在看惯风雨,也识得人间世事繁华的背后,那些虚幻的假面人情。物非人亦非,太多的东西遗落在时光的深处,早已找不回。

有时心血来潮,会翻看从前的日记。日记写了二十多年,记载了我人生路途中的点滴:

1992年11月9日,星期一,晴:"今天是我的生日,但除父母家人外,再没一个人知道,我没有告诉过任何一个人,我并不想听到祝你生日快乐之类的话,我会默默地为自己祈祷。"小学老师们给我的评语都是谨小慎微,小绵羊式的好学生,一到初中,似乎突然开窍了,十三岁的我竟变得如此独立。我甚至还写下这样的句子:"绝不轻信于任何一个人!这是我的座右铭,它是我经过许许多多的风风雨雨中悟出来的,它并不是一时的心血来潮,而是我一生的为人标准"（1992年10月16日）。我自己都很意外，小小年纪的我到底经历了什么"风雨"，对周遭的人开始不信任，以至于恨世嫉俗，既而为自己定下处世原则。可惜日记语焉不详，记不得了，但幼小的心灵一定是受到某种不可原谅的伤害和欺骗。不过很显然，这么"沉痛"的座右铭并没有贯彻下来，所以吃了很多苦头。

1997年11月14日，阴历十月十五，星期五，小雨转晴："中午吃饭时，我决定好好饱餐一顿，可餐卡里就剩下四块四毛一分钱了。没办法，只好买了两份米饭，一份鸡肉，最后只剩下一分钱"。十八岁的生日过得有点寒酸。那时候我正在郑州读书，一个月学校补助四十块钱，家里再添二百多块钱，一个月定额生活费三百。十七八的我，每月如狼似虎至少要吃掉二百多，还要留出二十块钱，作为回家的路费。每顿饭怎么搭配，既省钱又能吃好，我下课之前得算计好。我和哥上大学的那三年，父亲刚刚调整工作，工资关系迟迟办不下来，一家人的生活全靠母亲每个月四百块钱的工资。同年的11月3日，日记中还有这样的记录："爸爸和妈妈凑了一百四十八块钱给我，他们仅仅剩下二百多一点。妈妈一边递给我钱，一边叮嘱我再过两周后的周五，我生日那天回来。一来可以给我庆祝一下，二来能节省我的生活费，再给我一点钱。"我答应了，但并没有回去，而是自己吃了一顿寒酸的生日午餐。读到这些记录，感慨万端。大学三年，欲有所为而无从做起的无力感时刻纠缠着我，清苦且压抑，但吃饱没问题，还要想方设法吃好。一个宿舍的四个弟兄都爱打篮球，每次打完球，过了饭点，大汗淋漓地跑去小清真食堂，蹭食堂师傅们的小灶。馒头提前买好，不论个儿，论排，齐刷刷两排饦在胳膊上，雄赳赳气昂昂旁若无人，在女生惊愕的目光中招摇过市。毕业之后，先在电视台工作两年，省吃俭用，攒下一万多块的积蓄，研究生三年，学费生活费自理，我没有再跟家里要过一分钱。

2013年11月17日，星期五，阴历十月十五："岁月如流，人生易老。不用去追求多么宏远的生活理想，一家人安安静静、平平安安便好。我还想着能在三十五岁前后再有一个孩子，这样一来，生活就更加圆满。我希望这样的愿望很快能实现。"看，真正经历了人生的风雨之后，我开始接受现实，三十多岁就想马放南山，老气横秋之态毕现。不过，生日愿望很快实现了。

不知从何时起，夜晚变得很长，夜深如海，常常一觉醒来，还是望不到边。

我一遍一遍地看表，怕睡过头，耽误杨子上学。习惯了一周六天，早晨六点半起床，把杨子叫醒，准备早餐，陪她到小区门口，送她过马路，看着她上车，再返回。这不就是小时候我走过的路？傍晚，夜色四合，我在马路这头，她在马路那头。她背着十几斤重的书包，怯生生地左看右看，在来来往往的车流中踟蹰不前。当年我放学回家也是这样，母亲在马路对面向我招手，让我大胆走过来，我却战战兢兢，走一步退两步，十分钟也过不去。她太像我了。女孩子的人生道路注定要更谨慎小心，从她诞生那天起，我们未来生活和生命的意义，已经开始落脚在她的身上。一条马路，二十多年，三代人，父亲母亲在前方引路，尽他们所能，披荆斩棘，踏平坎坷，让我们走得轻松些，从容些。如今他们老了，担子移到我的肩上，我有什么理由懈怠。

这一年是新中国成立七十周年，作为共和国的同龄人，母亲在冬至这天迎来了七十岁生日。金子和杨子一起拍手，给母亲唱生日快乐歌，她和孩子们一起吹蜡烛，分蛋糕，有些怅然若失地说："我还不觉得我老，一眨眼都七十了。"今年，二姑、四姑父和小姑父陆续生病，年初三老姊妹们的聚餐也聚不齐了，父亲很失落。

黄叶满地，岁云暮矣。最近上课，说到龚自珍的《己亥杂诗》。这些七律作于1839年，正是晚清帝国的垂垂暮年。今年正是农历己亥年，明年是庚子年，都是世事多故的年头。当年读到"一箫一剑平生意，负尽狂名十五年"的龚自珍，顿生无限渴慕之心。现在说起这些指点江山，以天下为己任的先贤，学生大都一脸茫然。一代有一代的人物和话题，无可指摘。

结课那天，窗外彤云密布，天色阴惨，冷雨横吹，有了些沧桑无改的意味。学生们伏案奋笔疾书的投入和认真，让我感动，看到了从前的影子。我年少时的理想就是进大学，读书写字，做喜欢做的事，能与学生朝夕相处，乃平生幸事。尽管每次拿到研究生的论文就痛不欲生，肝肠寸断，只要还有一口气在，还得直面现实。每次上课，台下学生先抬头后低头，终于趴倒一片，我还是暗自勉励，把独角戏唱完。

我曾对同事戏言：每到周三，我都得抑郁半天。说归说，诲之谆谆，应者藐藐的原因，还是自己水平不够。来日方长多读书，努力做到己之不惑，亦不惑人而已。

院子里寂静起来。去年结了三十多个果实的柿子树，今年只挂了红扑扑的两个，还被贪嘴的小鸟啄了去。山楂树去年只开花不结果，今年倒长出孤零零的一个红果来，我没舍得摘，由它凝成一颗晶莹的美人痣。月季和玫瑰不惧严寒，从春天到残冬，一直在努力开放，虽然越开越少，但萧疏可爱，别有风韵，像是冬天里的点点星火。盼望了一个冬天的雪，听说正在来时的路上。

2019.12.31

我们的 2018

大概是出于本能，我的文字总与我的生活有关，总喜欢写身边的人和事。个人经验会不会枯竭？我觉得不会。生活之河日夜流淌，逝者如斯，不舍昼夜。"举头河汉在，谁见水西流"（李宣龚）。孔夫子的自省，我们大多早已忘记，沉浸在作茧自缚式的庸常生活中，乐此不疲，自我陶醉。只有在一年将尽，或者某个重要节点来临时，才会忽然听到时光之河那终日不息的哗哗的流水声，真是让人心惊！我习惯了把这些点滴记录下来，从容地看它们汇成潺潺的流水，即使日后面对岁月和人生的惊涛骇浪，也能泰然处之。

一到年底，心里就慌慌的，总有应付不完的事。忙乱中尽管抱怨，但抱怨不过是嘴上的，心里还是有言不由衷的喜悦，以及祛旧迎新的期待。毕竟新年将至，这是一年当中最百感交集的时刻。

金子三岁了，开始上幼儿园。一个学期下来，她还没有克服上学恐惧症。每天晚上睡觉前笑嘻嘻地承诺你，明天一定好好上学，跟个人似的。第二天早上就装糊涂，大哭大闹，我不想去幼儿园，我不想去幼儿园！直到被按到车上，她才停止反抗，一声不吭地望着窗外，小声抽泣，眼神中透着绝望和委屈。把她押送到老师跟前，她回过头看看你，嘴角一撇一撇，想哭又不敢哭。我也于心不忍，狠狠心扭头就走。去接她，老远看见我，脸笑成花，跑过来高兴地说："爸爸早上好！"有段日子，她中午尿床，甚至一连两三天。我每次去接她都提心吊胆，老师虽然不说啥，但脸上实在挂不住。见面总问今天尿床没？问得多了，她也懒得理你，你去问老师吧！

冬天天干，上学给她把水壶装满，交代她渴了就喝水，也请老师多督促她。有段时间，她每次回来水壶都空空如也，我们很高兴。但是在家，她从来不喝水壶里的水，我很奇怪，她说老师说水壶里的水脏了，不能喝，得倒掉。又问，其他小朋友的水壶呢？都倒了。原来如此！看她开心的样子，我一阵心酸，未来她的路还很长，人心险恶胜过山高水长，我需要教给她更多的与这个复杂世界周旋的经验。一年下来，她还是从1数到10，她最喜欢看的动画片还是小猪佩奇，她的梦想还是跳泥坑和喝很多很多酸奶，但最近她有了自己的好朋友：萱萱和木子，有了小小的牵挂，开始慢慢适应离开爸爸妈妈与小朋友相处的生活。这一年，她很快乐。

杨子今年戴上了近视眼镜，我很难过。这不是她的错，是我们没有尽到照顾她的责任。我到现在也不近视，她才九岁，就离不开眼镜了。每天早上，把她从床上叫起来，像吃药一样逼着她把稀饭喝下去，背着足有二三十斤的书包，匆匆忙忙送她上学。她晚上趴在桌子上写作业，有时会写到十一点。疲于奔命且无所适从，中国的孩子太早卷入人生的种种厮杀和拼争，我们能做的只是尽量给予她面对未知的信心和勇气。她会因为一块巧克力、一个发卡，或者一盒彩泥，和金子翻脸，我的就是我的，寸步不让。起初每次都是让她妥协，让着金子，她很委屈。后来我们意识到，凡事也要有原则，孩子不论大小，总有属于自己的领地，不然会骄纵了小的，伤害了大的。她是个小绵羊似的乖孩子，老师说的绝对服从，从来都是循规蹈矩，不懂变通。这样也好也不好，太过顺从容易丧失个性。妻埋怨我平常吵她太多，我很无奈。事实上，很多时候刚想发火，一看她眼泪吧嗒吧嗒往下掉，心就软了。她最不平的事，是凭什么金子每天晚上可以跟我们一起睡。周末，后半夜她会悄悄抱着枕头，小心翼翼地爬到妻的脚头，心满意足地睡去。有时候，她爱心涨潮，会主动带金子睡觉，煞有介事地给她讲睡前故事。她还经常偷偷写诗，只是藏得更隐蔽，我不容易找到了。放学回来的路上，我要帮她拿书包，她稚嫩的肩膀使劲挺一挺，推开我，坚持自己背。这一年，她长大了，懂事了。

父亲母亲又跟着我们度过了忙忙碌碌的一年。他们比以前更适应这里的生活，有可喜的变化。母亲年轻时严肃谨言，工作上雷厉风行，是个好手。退休之后，来不及喘口气，就成了一只候鸟，来往于我和哥两家，招之即来，挥之即去，带孩子，操持家务，井井有条。多年的工作历练，造就了母亲的坚韧和隐忍，凡事不论悲喜，皆独自承担，波澜不惊的外表下隐藏着怎样的磅礴巨浪，有多少的苦痛，她从不说，我能感觉到。她和父亲平日里鸡蛋都舍不得吃，在他们看来，这些东西都是留给孩子们的，孩子们正长身体，他们老了，意义不大。生活再好，这些习惯改不掉。直到现在，每次做好饭，都先让我们吃，母亲追着撵着一勺一勺喂金子吃饭。最近她肩周炎犯了，晚上睡觉衣服都脱不下来，但雷打不动地周末要包饺子，给孩子们改善改善。我要是应酬多，几天不回来吃饭，她会特意给我擀好面条，炒好西红柿鸡蛋，叫我回来。早先看过电影《九香》，宋春丽饰演的母亲独自抚养五个孩子，吃不饱，母亲把饭菜留给孩子们，自己躲在厨房舔孩子们吃完的饭碗，这一幕脑海里印了很多年。母亲也是这样。

有天下午，父亲母亲骑车去接金子，回来路上被电动三轮撞了。我心急火燎地赶过去，父亲自己腿上流血，先让我带金子去医院，不用管他。他们有个头疼脑热，不是实在坚持不了，绝不会告诉我，怕给我添麻烦。我带他们上医院，他们很不安，总是自责，老了，不是这里不好，就是那里不好，像做了错事的孩子。

一天傍晚，我和师姐在小区门口说话，母亲正和大家跳广场舞。她很专注，虽然腿脚已不像当年那样麻利，但一招一式很投入，有神采。我眼前恍然出现当年她和单位阿姨春节扭秧歌的情景，漫天大雪纷飞，红脸颊，花棉衣，绿飘带，婀娜极了！师姐看了好一会儿，很郑重地说："等我老了，也穿上大红大绿的新衣裳，在门口跳广场舞，这才是最幸福的事。"是啊，健健康康，快快乐乐，简简单单就是幸福。这一年，我们为他们做得太少，他们为我们做得太多太多。

妻这一年很忙，排练、比赛、演出占据了大部分周末时间。在家的时候，她喜欢唠叨，你就不能把家里收拾收拾，把你自己的书房收拾收拾，油瓶倒了也不会扶一下！我只当耳旁风，她说够了，照样楼上楼下，收拾得一尘不染。有时候，我俩为了一些小事也会叮叮咣咣吵架，多狠的话都说过，但吵完她扭头照样能呼呼大睡，而我往往彻夜不眠。我很生气，又无可奈何，她的心很大。这一年，她很辛苦。

我今年出版了一本不疼不痒的小书，写了一篇花里胡哨的文章，拿到了一个申报多年的项目，换了一个新的工作单位，结识了很多温暖的师友。有无心插柳的欢喜，有水到渠成的欣慰，有随波逐流的苟且，也有身不由己的悲哀，都离不开家人的支持和付出。我十多年前割过痔疮，今年冬天又复发了，个中滋味一言难尽，看来以后还要夹着尾巴。

总之，这一年，很不容易。

前几天夜里，梦见开会，我正准备发言，忽觉头皮一凉，伸手一摸脑袋，头发掉光了！惊出一身冷汗。后来微信老郭此梦何解，他呵呵一笑，发来一句：恭喜，你是"没毛病"！我希望新的一年，大家都没毛病，当然，不用头发掉光。

2018.12.31

这一年

临近年末，寒潮席卷大半中国，大有变风云而动山岳之势。2020 年，正在施展它最后的余威。病毒还在世界的各个角落肆虐，无数的人们正在经历炼狱般的煎熬与折磨，好在我们的生活尽管时有微澜，但大体上正在逐渐恢复平静。这就很好了，阳光灿烂，寒风凛冽，寒星熹微，连日雾霾之后也有蓝天白云，还想怎样呢？在充满变数和未知的时代，没有比平淡安静的生活更美好的事情。那些置生死于度外的拯救者，为民请命的先行者，被无妄之灾吞噬的罹难者，都不该被遗忘，他们是人类赢得与命运和黑暗的角力，以及世界正常运转的重要力量。劫后余生的日子分外珍贵，与他们相比，我们没有资格弹冠相庆，我们不过是时代的幸存者。

人生到底是一场事先设好的棋局，还是变幻莫定的阴晴雨雪，不得而知，唯一确定的就是永恒的不确定性。在四月料峭的春寒中，我苍苍惶惶地送走了父亲。直到现在，我依然活在一种不真实之中。我怀疑自己只是暂时被卷入命运之河的暗流，在无边的黑暗和汹涌的激流中挣扎，总觉得会再摸索着上岸，重见光明。然而都是徒劳，风平浪静的时光之水不过是假象，那些猝不及防的惊涛骇浪才是你要时刻面对的。人生是一个经历磨砺和苦难的过程，而消逝，则是瞬间的事，甚至毫无征兆。

岁末隆冬，我出差到西北高原。八百里秦川苍茫如海，黄土白雪，黑白分明，弥望皆是。在这样凛冽而坚硬的冬天里，感觉人小了一圈，脸上一阵阵发紧。北方的冬天大抵都是如此。小时候，就是在这样曲曲弯弯疙疙瘩瘩的村间小路上，父亲和母亲领着我们，推着自行车，驮着大包小包的行李，步履蹒跚地回老家过年。过去的岁月仿佛就在结着冰凌的河水里流淌，冻结在屋檐下挂着的一根根晶莹的冰锥里，凝结在黯淡的枣树上挂着的一枚枚干枯的红枣中，在冬日明亮的阳光下，闪着光。四下飘荡着轻薄的炊烟，这尘世的烟火如遥远过去的生活的气息，袅袅婷婷，不知其所起，不知其所终。一切都没改变，然而一切都不再是原来的模样。四周静默的群山覆盖着斑驳的白雪，如父亲满是皱纹的沧桑的面庞。一个人的一生，大概就像这些覆盖在山头的白雪吧，有谁知道他曾经来过这世间。

这一年，总是平白无故地难过起来。我回了几次老家，没什么理由，就是想回去看看。有时候就是陪母亲说说话，一个人漫无目的地在县城里游荡。在东湖边走走站站，透过皑皑如白雪的芦苇丛，远望老宅院的屋脊，却没有想回去看看的念想。人事已非，从前的那些离合悲欢都化成故事存在心上了，老院子，还有院子里那棵与我同龄的棕树兄就留作岁月的见证，照看着我们一家人曾经的过往。走到父亲工作过的电影院广场和文物局的小楼旁，我会停下来看一看。父亲把自己勤勉的一生交付给县城的文化传播与普及事业，在他自己看来，这不过是养家糊口的营生，但克勤克俭，善始善终是当得起的。有时候我来去匆匆，只是为了吃一顿母亲包的饺子，喝一碗她擀的酸汤面叶儿，醋的酸、葱姜的辛和胡椒的辣，一直热到心里，大汗淋漓，既充实又满足。有时候就是回去和哥喝两杯，有一句没一句地说说话，或者干脆相对无言。每次回去的路上，我感觉父亲就在这里，到家之后，要花很长时间才能回过神来：他已经不在这里。每一回来去，都是一次回忆之路上的痛苦跋涉。在孤独的旅程之中，别无他物，只我一人，凄凄惶惶的心和不知说与何人听的苦痛，无处告解亦无处安放。

母亲在老家待了大半年，年底终于让我说动，来我这里住一段。她习惯了和父亲磕磕绊绊的日子，突然剩下她一个人，有些手足无措。以前父亲是她的指南针，她出门不辨东西，从不记路。现在她出去买菜，在小区里遛弯，我都叮嘱她一定带好手机。小区里大门小门都用门禁卡，出趟门要叮叮当当挂一串。前几天她买菜回来，钥匙和门禁卡不知搁哪儿了，久寻不见，她很内疚，像犯了大错。我安慰她没事，丢了就丢了，补办就是了。她怕被坏人捡到，非找到不可，甚至去扒门口的垃圾桶。后来做饭时，一摸围裙口袋硬邦邦，赫然就是那串钥匙，她高兴得跟个孩子似的。我上班的时候，她一个人坐楼下，翻看从前的影集，默默无言，一坐就大半天。每晚陪她在小区里散步，我小心翼翼，不知哪些话该说，哪些话不该说，就听她给我讲。她讲父亲抠门儿，每月的工资收入和生活支出都要在本子上记下来，有次给他花90块钱买双新鞋，他生气，嫌没和他商量。谁知商家弄错，快递一下寄来两双。他一边半信半疑地穿上，一边说这两双鞋就要把我送老了……唉，怪他没福气。她讲有一次上街转向了，在街上来来回回找不到回家的路，打电话给父亲，又说不清楚。父亲急慌慌赶过去接她，把她狠狠数落一顿。那次她真觉得父亲比她强。她又讲自己烦闷时，出去和熟人打牌，总是集中不了注意力，十次能输九次半，好不容易有一次连着和了几把，差不多把以前输的都赢回来了，赢得人家起哄不想给钱。她还说前几天去买药，就近的药店嫌贵，不辞劳苦地多走两条街到另一家，比上家还贵五毛钱！哎，我把你爸的好毛病也学来了……她就这样说着，一会儿叹气，一会儿又笑。

　　四十年了，我从没有像现在这样认真听她说这么多话。

小时候不懂事，听不进去，长大成家又终日忙碌，没时间。做儿女的，能当好一个称职的倾听者就很不容易。她和父亲两个人一辈子磕磕绊绊，分分合合，正是这样的龃龉与离合建构起平衡稳固的日常，如人字的一撇一捺，互为依靠。忽然一边塌掉了，需要一段时间来适应。以后，我们就尽力当好她的另一半吧。

孩子们一天天大了，在少不经事的成长中体味人生的甘苦。杨子十二岁了，有时候我跟她说起爷爷骑车接送她上课的情景，她就很难过，眼睛红红的。这一年，她长得很快，个头快要达到我的肩膀。我和她照相，她竟羞涩地不敢拉我的手，只怯生生地把胳膊轻轻从我的臂弯穿过，挽着我，一脸娇羞。金子六岁了，还是很调皮，有时候也很懂事。妻想给她剪头发，那种齐耳短发，她不愿意。我说，这种发型很漂亮的，你小时候就是这样。她很认真地问我，爸爸，可是我已经没有小时候了呀！

院子里有一棵菊花。去年我从花市买来，还是个品种：乒乓菊。开过一季之后，日渐萎缩，瘦骨嶙峋。后来野猫半夜捣乱，把它的主茎踩踏至半折，倒伏在地，奄奄一息。我也就没再管它，任其自生自灭。没想到它隐忍勃发，绝境求生，入冬前后，竟开出三朵浅紫色的圆绣球。母亲用绳子把它绑在栏杆上，随风摇曳，如冬日里灼灼的野火。"人非忧患谁能老，树不风霜那得春。"世间万物哪能都是阳光雨露,终日要面对风霜雨雪和命运的摧折。每晚陪着母亲散步,成了一天之中最放松的时刻。她的步子轻快而稳健,像她从前在老家湖边散步一样,有时候我稍一走神,就跟不上她。

生活带给我们一个又一个伤痛,却从不教给我们疗救之法。只有学着把伤痛化作寄托,寄托转为信念,信念便会带来勇气,照亮前路。逝去的岁月不过是投入水中的一颗石子,再大的涟漪都会平复下来,回归往常。实在无药可解,那就交给时间,该放下的就放下吧。

又一年了,从前一人吃饱万事了的快活一去不复返,转眼到了儿女忽成行、父母鬓已霜的年纪,肩上的担子愈来愈重。三五莫逆之交,总要在庸常的生活之外,一起聚聚,叙叙旧,吹吹牛,吐吐槽,说些肝胆相照荣辱与共的知心话。"人生苦说不能闲,却到闲时虑万般。"一年到头,忙碌与焦虑已成日常,中年一代早被绑在生活的车轮上,背负着父母儿女的期盼,爬坡过坎,赴火蹈刃,不能又不敢有半点懈怠,真难。每一张若无其事的脸庞背后,都隐藏着不为人知的苦痛和焦虑。父母、儿女、工作、家庭,哪样不是大事,真个如衣败絮行荆棘中,处处牵扯,步步纠缠。我们每个人都有自己的生活,在千锤百炼中活成自己的英雄。

一年之日月往复,在友朋聚散与旧事低徊之间,也就过去了。相对慰藉如平生者,能有几人?"满目山河空念远,落花风雨更伤春。不如怜取眼前人。"

2020年终于结束了,我一点也不留恋它。

2020.12.18—12.31

河汉分流又复东

岁末遣怀

世事乘除孰可为,人情反覆亦堪惊。

巢空已弃轻生死,菊断还生重晚情。

误入珍珑谜未解,尝寻玉枕梦难通。

窗临残照西风紧,河汉分流又复东。

一到年底,便很感慨,这是人之常情,所谓"故乡今夜思千里,霜鬓明朝又一年"(高适《除夜作》)是也。新年将至,过去的事情,夐乎远矣,再多的仇怨都值得宽恕(除了小人),再多的遗憾都来得及弥补,来年的日子,憧憬满怀,好好期待。

这一年,写了一些身边的人和事,还有日常所见的花花草草:自甘寂寞,随遇而安,甚至以苦为乐的芦荟;一年一开,从不缺席的昙花;开时分外香,一任群芳妒的百合;硕果累累,引来鸟儿筑巢的葡萄;默默无闻,踏实经营的爬山虎;命若琴弦，断而重生的菊花……可合成一组《花事》。我当它们是近邻和朋友，以诚相待，每人都有自己的性情面目，各不相同，花草也一样。花事即人事，万物皆有所托，这些感情是相通的，彼此都能体会。葡萄熟了故人已杳的苦痛，菊花断而重生不甘向命运低头的坚韧，白头翁一家在门口筑巢的小惊喜，而后又不辞而别的小失落，总是相伴相生，这就是生活，苦乐参半，而又逸趣横生。这些自说自话的文字只能归入"只可自怡悦，不堪持赠君"之列，但终归还是有一点价值，在我看来，写作的意义即在于记录生活，拒绝遗忘，寄托情怀，抵抗悲伤。

这一年，疫情如影随形，又遭遇百年一遇的洪水，连过年能不能回家也变得不确定。每个人都不容易，相逢一笑，把酒言欢，哪一个言不由衷的笑脸背后不藏着难以言说的苦衷。蒲松龄《聊斋志异》里有个故事，说一个车夫推一辆车上坡，正在用尽全力，无暇旁顾之时，一匹狼跑过来咬他的屁股，他不敢丢掉车子撵狼，否则车毁人亡，只能任由那狡猾的狼咬掉一块鲜血淋漓的肉，跑掉了。前有重车压顶，后有饿狼觊觎，趁机咬你一口。这是中年人生境遇的真实写照。险象环生，何其难哉！

这一年，忙忙碌碌，马不停蹄，片刻不得闲，好像做了很多事。可是年底算账，细细盘点，一事无成，似乎什么也没干，沮丧、懊恼又无可奈何。不是不努力，是终日疲于应付，又不得要领。人生如棋局波诡云谲，落子无悔，每一步都要费思量。不外乎一是承认气数已尽，在劫难逃，二是不认命，安固本手，以退为进，将死棋救活。又如行路，常常有横亘眼前的障碍逼得你无路可走，是直撞南墙，头破血流而后止；还是避其锋芒，迂回绕道，也是时时得直面的难题。或者干脆不把问题当问题，盲人摸象，听天由命拉倒。不惑之年，不惑实难。要不孔子怎么说身处困境不改其乐的颜回是圣人呢？

上个月我过生日。中午，寒风凛凛，我从单位回来吃饭。母亲已做好了卤面和鸡蛋汤，我大喜过望，这是我最喜欢的午饭搭配。母亲当然知道我的生日，但真到了那天，她记不起来。后来母亲怪我没提醒她，我说，你不是给我做好吃的了，已经很好了。真是冥冥之中的默契。

杨子有心，她给我写了一封信，很郑重地表扬我，夸我进步很大，辅导金子写作业时，"至少更有耐心了"。我有点不好意思，她这是明褒暗贬。辅导金子写作业太折磨人，每次都是心平气和开始，鸡飞狗跳结束。以后我得再克制一点。杨子最后说："我很好，不用担心我。祝爸爸你以后工作顺利，往后事事顺心。"我真的很高兴，很幸福，女儿长大了。

2021.12.31

我们的春节

一年又一年，不过是眨眼的工夫，又到腊月年根儿，该过年了。

旧历的年底才最像年底。父亲年轻时放电影那会儿，一部电影只一个拷贝，县城里两个影院同时放映，要有个时间差，让跑片的接上趟儿。于是，在正片开演前，父亲会随机放映一些动画短片，如《大闹天宫》《葫芦娃》《哪吒闹海》《黑猫警长》，我们很喜欢看。可再好看，也不是正片，精彩的永远在后头。阳历新年和春节，跟这差不多。

春节，这个话题不再像小时候那么单纯，只要有新衣穿，有好东西吃，有炮放，就是全部的幸福。现在，春节又近在眼前，今年是农历庚子年，鼠年。我一向对这尖嘴细腮的小东西没好感。上学的时候，每天深夜，它们就在我头顶上开会，咚咚嚓嚓来回跑。我恨得牙痒，只能摸黑用废电池循声击之，可惜作用不大，只留下千疮百孔的纸棚子。家里养了好几年的猫正是吃了耗子药，凄惨死去，死时正怀着小猫。有一年过年收拾屋子，母亲在旧沙发里发现几只粉嘟嘟的小崽子，一个个拇指大小，吱吱吱地哼。我一股脑端给了邻居的猫，算是报了仇。后来看到《老鼠娶亲》的年画，一个个红袄绿裤的小老鼠吹着唢呐，抬着花轿，浩浩荡荡地把新娘子送到猫的面前，不禁暗笑：真是精过了头！

庚子年总有大事，今年这个鼠年也注定不平静。先有空姐开车横行故宫，继而在万家灯火众人归的时节，又传来冠状病毒肺炎肆虐的坏消息。2020，是遍地风流还是鼠辈横行，祈祷苍生，拭目以待。岁月流转，看似无痕实有痕，人间的种种，不必刻意，你也就懂了。

一代人有一代人的过往，一代人也有一代人的春节。

父亲母亲的春节，永远是忙碌甚至慌张的，当然，还是喜悦的。他们一年的劳苦，都是为了过个好年。跌进腊月，母亲就隔三岔五上街跑一趟，哪怕坐公交跑好几站路，也不觉累。尽管她不露声色，努力装作若无其事，我还是看得出来，她很慌。其实过年就那几天，根本吃不了多少。年前照例还是要回去一趟。父亲母亲除了看看姊妹们，还有很多事要办，比如买药，老家的药永远比这边便宜。还有拿工资本取钱，我一再告诉他们银行卡全国通用，但工资本上的钱只有在老家的银行取出来才放心。还有买菜，老家的青菜萝卜红薯牛羊肉一样不能少，既省钱，又合口，还踏实。这都是雷打不动的程序，以前我会忍不住抱怨几声，后来也习惯了，耐心地陪他们在县城的人流中穿梭往返，只要他们高兴，一切都好。

春节对我来说，既爱又烦。过年这几天可以心安理得地睡懒觉，抠手机，看闲书，不用再操心送孩子，上单位，写论文，真正过几天没心没肺的日子，这是过年最大的福利。

一切烦恼皆可抛，午后再说！也许到午后就想不起来了。一到年底，我心里也慌。忙完工作忙家里，忙完老人忙孩子。安排两边走亲戚，在谁家待的时间长些，年货怎么分配……这些不是事儿的事儿，真的很费脑筋。我们这些本地的异乡客，真正在家里消消停停吃喝玩乐的时间并不多，过年都是奔波在路上。今年不同了，病毒肆虐，举国动员，既然无法为国出力，至少不给国家添乱，老老实实待在家里吧。时间大把，心里却兵荒马乱，不知这场灾祸何时结束。

父亲说他小时候，有一年三十晚上，邻居大明伯在家炖猪头肉，吃得太急，一口肉卡在嗓子眼儿，竟然没救回来。吃肉被噎死，现在听了像心酸的笑话，在饥饿感弥漫的年代，只有过年才能吃点荤腥。大了，我们都已尝尽美味不知味，味蕾退化了，儿时那些吃食总也吃不够，现在再好的美味都不是美味了，吊不起胃口。过年真正的满足和充实感，其实就在准备过年的过程中。

孩子们最向往过年，但他们的寒假也不再那么轻松。阅读、英语、数学、周记、作文，满满登登的作业覆盖了全部假期。预定的出行计划，在疫情扩散的形势下被迫取消。限号好几年，雾霾还是很严重，今年政府又未雨绸缪，春节禁止卖炮，禁止放炮。老家的小县城也如临大敌，农村开始全面禁放。今年春节我们只能静悄悄地过，没有火药味儿和炊烟，着实很无趣。"爆竹声中一岁除"也许会成为纸上遥远的故事。我们小时候，在滴水成冰的腊月天，一大家子挤坐在围着草席的拖拉机或三轮车上，突突突地去乡下走亲戚，冻得鼻涕一把泪一把，丝毫不觉其苦。年三十晚上，我一边看着枕头边上的新衣裳，一边想着天明第一个起来点炮，那种甜蜜的憧憬，真是无以复加。现在的孩子们很幸福，也很可怜。

三舅得了孙子，腊月二十五摆酒。我开车陪母亲和三姨回郜庄。大寒，阳光却出奇地好，蓝天澄澈，万物清明，东北太行山在望，面目清晰可见。一踏上乡间的土地，那种曾经的熟悉的生活瞬间与记忆接榫，少年的时光，熟识的人和事，过过的年，还在这里。从前这时候，我应该正嚼着肉丸，揣着一兜子的炮，满地撒野。绿盈盈的麦田安静如往昔，我尽量放轻脚步，还是吵醒了它，它睡眼惺忪地向我打招呼。多少年了，一茬一茬地播种收获，春风吹又生，它还是它，我还是我。金灿灿的玉米垛剔透，像一堆堆暖洋洋的灶火。院子里炉膛里的柴火还没有烧尽，铁笊篱一把一把地从劈劈啪啪的油锅里捞出麻叶油豆腐鱼块儿红薯丸子，在锅沿上空空油，哗啦啦倒在瓷盆子里。小时候过年，奶奶在灶火上忙着做各种吃食，我就坐在旁边的小板凳上，帮她烧火，烟火味混杂着各种过油的肉香，令人满足和陶醉。如今炉火尚温，味道犹在，人已走远了。

车子路过姥姥家门口，院子还齐整，房顶上生出疏疏落落的瓦松，门上的人锁生锈了，去年贴的春联褪了颜色，尚未脱尽。我恍然想起，年初二一早，婆婆抄着手，浅笑盈盈地倚在门口迎孩子们回去的样子。母亲没有下车，只是悠悠地叹口气对我说："你婆婆（姥姥）和公公（姥爷）都没福气。"

春节那种深刻而简单的幸福和满足感，一直都沉在心底，每到岁末，总会扑腾扑腾翻上来，百感交集一番。过去是唯一凝固的东西，是这个瞬息万变的时代里我们唯一能把握的东西。时代已经大变，还是心心念念地记挂那些陈年往事，以过来者的眼光回望过去，自然有很多后觉之见，很多沧桑感慨。只有到春节，这一年才算真正地过去了。在这个一年中最盛大的节日里，每个人的情感都会敏感和柔软起来，一切虚情假意都烟消云散。想想仍然奋斗在处处凶险的第一线的壮士，主动请缨逆行深入疫区的英雄，还有那些有家不能回的武汉人，我们已经足够幸福。

去年，母亲生病，春节过得很仓促，冷冷清清。今年父母忙了一个腊月，可惜遇见疫情，亲戚们也不走动了，还是冷冷清清。这个春节，感觉很复杂。

　　过过的年无法重来，都藏在心里吧。这时候大家围坐一起，彼此说些肝胆相照海天契阔的心里话，怀念那些逝去的岁月，祝福苍生，一同期待平静的来年。

2020.01.26，庚子鼠年，大年初二

祭灶火烧

腊月二十三，小年，祭灶，要烙祭灶火烧。

小时候在乡下老家过年。腊月底，天已经很冷，干冷，吸一口，辣鼻子。

奶奶在灶台上方恭恭敬敬贴好灶神。一张很粗糙的木版年画，一副黑字"上天言好事，下界保平安"的对句，很醒目。一男一女两个神仙，右边是灶王爷，面目很模糊，白面，圆脸，只依稀看见留着几绺胡子。左边应该就是灶王奶奶，抄着手，面目慈善，眉眼含笑。我总觉得像奶奶。

吃过午饭，奶奶就开始用平底铁鏊烙火烧。面提前一夜就和好了，放在炉子边省，这时候搬出来，手指一按，发得正好。奶奶把面揉成一块块掌心大小的面饼，裹上红糖白糖，还有花生仁。有时候也用豆馅儿，红豆熬碎，拌以切碎的柿饼，甜得很。

我负责烧火。这样的活儿我喜为之，能坐一晌，不觉其累。灶膛里烧的是玉米芯儿和玉米衣，火小的时候也用棉花秆儿大豆秆儿，噼噼啪啪，烧得过瘾。奶奶叫我添柴就添柴，叫我拉风箱就拉风箱，火旺，暖暖的，煊煊的，一会儿我就有点迷糊，犯困。火舌从炉膛里伸出来，舔着锅底，差点就蹭着我的鼻尖。呼啦呼啦，风箱拉得慢了，烟灰四下飞舞，呛得我流眼泪。

很快，火烧出锅了。一块块如圆月，鼓鼓的，黄灿灿。摸着很粗糙，像奶奶长了老茧的手。咬一口，咯嘣脆，糖汁顺嘴流，香甜酥脆，还有玉米大豆的气息。

后来，我们进城过年。腊月二十三，灶王爷和灶王奶奶都不贴了，但祭灶火烧还是要烙。轮到母亲烙。用小一号的平底锅，用烧煤球的煤火，有时候也用电饼铛。面还是提前和好发好，馅儿简单，用白糖，没有了烟熏火烤，母亲烙的火烧一个个圆鼓鼓，白生生，细皮嫩肉，也好吃。

再后来，父亲母亲跟我住，候鸟一般来回迁徙。今年，没跌进腊月，母亲害了场病，体力不济，没法再做这些吃食。她常独自叹气，我还不老，就开始拖你们后腿了！一边说，一边不甘心地抹眼泪。

有一天，父亲躲在屋里用手机和小姑语音，他让小姑下次赶集，买一个平底鏊捎过来。小姑问他买平底鏊干啥？他说他要烙祭灶火烧。

我听见了,鼻子又辣了一下,掉下泪来。

2019.01.29

放炮

过年是大事,过年放炮也是大事。

从腊月二十三祭灶开始,到大年三十,初一,初五,十五,家家户户都要放炮,而且是郑重其事地放。过年是一场热热闹闹的大戏,放炮就是鼓点,少不了。

过年说到底是孩子们的。过年最吸引我的,一是有新衣。上衣一般是在街上买,裤子早就在裁缝店里量好,年前取回来,洗一水,熨平,叠出带棱角的褶子。还有一双雪白亮眼的回力鞋!小时候火力旺,一天下来,鞋帮就被脚汗染黑。母亲叫我脱下来,用刷子刷干净,再小心翼翼包上一圈卫生纸,晾干之后不会有黄斑,和新的一样。

过年还有压岁钱,但我没有所有权,过过手而已,收多少都得上交。在我眼中,放炮才是第一位的。一进腊月,父亲母亲就开始忙忙碌碌准备年货,我对此毫不关心,肉可以少吃一点,但鞭炮不能少!父亲有一位老同学,在西万镇工作,当年那里有不少鞭炮作坊,每年年根儿,他都会给我家捎来一纸箱鞭炮。这些鞭炮貌不惊人,大一点的,手指粗细,50个一组,蜂窝煤一样扎成一捆。小一点成串的,用很粗糙的毛边纸,方方正正包成一块,红纸贴面,印上"伍佰、壹仟、伍仟"。拆开,都是一挂挂光秃秃的小炮,子弹壳大小,引线有粗有细,有时候点着,人还没跑远,就炸完了。有时候半死不活,半天响几个,急死人!不像现在,红纸包装的大地红,一点着就不会中断,响完一地的红彤彤,好看,喜庆。至于双响炮、礼花之类的烟花,则是稀罕物,不常有。有了炮,还得分。我和哥会在父亲的主持和监督下,把成串的炮拆开,你一个我一个地分,锱铢必较,多一个少一个绝对不行。

有一年我们从老家回来,父亲不知从哪儿弄了一挂一万头的大鞭炮,足有二尺长,两块砖头那么厚。父亲把它塞进行李袋里,坐了一路的长途车都没事。刚下车还没出站,我忍不住把它拿出来,屁颠屁颠地抱着走。出站时,被安检人员发现,强行扣留了。我大哭一场,但也无济于事。

父亲准备的鞭炮再多,也搁不住我俩天天放,很快就断粮。为了放炮,我不惜铤而走险。当年电影院改造大楼,工地上有不少钢筋废料,几个见过世面的大孩子,领着我去捡废铁,有时候也捎带把脚手架上用的扣件偷偷拿去卖。卖了钱,就去买各种鞭炮,大家平分。然而好景不长,很快被父亲发现,父亲大义灭亲,当着众人面,痛打我一顿。我当了一回杀鸡儆猴的牺牲品。

那时候,我胆子很大。放炮从来都是赤手空拳,毫不顾忌。放汽火最简单,汽火那时候叫"月地旅行",很有科学意味的名字。捏着汽火,点燃引线,嘘的一声响哨,蹿上半空,白光一闪,应声炸碎,只剩下一截尾巴,晃晃悠悠掉下来。手拿双响炮放也不在话下。轻捏炮仗上部,点燃引线,胳膊平伸,转过脸,嘭——哒!再仰脸看,碎屑稀里哗啦下雨一样落得满头满脸,耳朵嗡嗡嗡半天。现在想想,心惊肉跳!那会儿真是傻得可以。

放炮也是技术活儿。

春节期间,电影院广场人多,我们常做定时炸弹吓唬人。把一小截香点燃,搭在炮仗引线上,随手放路边。过一会儿,香火引燃炮仗,这儿响一下,那儿响一下,行人被惊得惊慌失措,我们则远远地幸灾乐祸。

父亲年底发的新搪瓷茶缸,被我用来做火箭。把茶缸倒扣在地上,大炮塞底下,露出引线,点燃,跑远。嘭的一声闷响,茶缸冒着烟迅疾上升,竟然直飞到电影院的三层大楼顶上!伙伴们一个个欢呼雀跃,我却开始惶恐不安,实在低估了这火箭的威力。当然,晚上回去,又是一顿痛打。

上初中时,开始有了摔炮,很简陋的书报纸装上黄黑火药的混杂物,大白兔奶糖一般大小,往地上一摔,便应声炸裂,威力倒不大,但不用点火,很新奇。有次我买了一堆,鼓鼓囊囊装在裤兜里，欢天喜地往家跑。一个趔趄绊倒在地，裤兜里的摔炮呲地一下冒烟，还好没炸！裤子口袋被烧变形，蓝黑裤子膝盖磨得白花花一片。为了不让母亲发现，我拿蓝黑墨水往裤子上抹，不料欲盖弥彰，越抹越明显，结果又很悲惨。

小时候带着一人箱子的鞭炮回老家过年，有一种衣锦还乡的幸福感。有次年三十傍晚回老家，刚到街门口，还没下车，我手里的小炮已经点着了，来不及下车，在手里就炸了，巴掌被炸黑，肿了几天。初一一大早的开年炮，父亲用竹竿挑得远远的，我和哥都抢着去点，奶奶听了炮放完，才盛出第一碗饺子。炮放完，我俩还要把没响的捡回来，一个一个掰开，把火药倒出来，在地上画一个大圈，或是长蛇，有时候也写字。点燃之后，呲呲啦啦，火花四射，痛快完，地上黄的黑的白的，把好好的地面弄得胡眉画眼。

爆竹送穷，旧时再困难的家户也要买几挂鞭炮来放放，不只听响，更是崩晦气。大年三十晚上，万家灯火初上之时，四下里鞭炮齐鸣，此起彼伏，饭桌上面对面说话都听不清。鞭炮响过，火药硫磺的酸甜弥漫四野，这就是年的味道，让人回味。

有一年除夕，那时大概上三四年级，我和哥在大姑家看春晚。虽然是黑白电视，哥也看得上劲不想走，我咬咬牙，独自回奶奶家。村子里一片黑暗，没有月光，唯有星星闪烁。远处田野上空偶尔有烟花划过，流星一样一闪即逝。没有风，但寒意彻骨，远远的有狗咬。我点着一根香，摸摸口袋里鼓鼓的炮，有了底气。我穿过黑咕隆咚的胡同，深一脚浅一脚，走在疙疙瘩瘩的土路上，心提到嗓子眼，害怕。我摸出一把炮，攥在手里，走几步，点着一个扔出去，咣咣，白光闪处，炸裂黑暗，驱走恐惧。直到看见奶奶打着手电在门口迎我，我才得救一般如释重负。从那之后，我再也不怕走夜路。

初五之前跟着父母走亲戚，走到哪儿我的炮就放到哪儿。乡下的田野寥廓，我随便撒野。鞭炮的回声辽远，绵长，经久不息，真是天地之大，皆我所有。

早春的田野，沁阳市柏香镇部庄

好像从哥上高中开始，他忽然不屑于和我再争炮，也不再操心放炮了。我有些怅然若失。奇怪得很，没人和你争了，自己也觉得索然无味。后来上了大学，我也不那么爱放炮了。年岁渐长，烦恼也多了，再多的炮也驱不散。年龄越来越大，胆子却越来越小，现在过年我放个炮，恨不复当年之勇，紧张得很：半蹲，小心翼翼地一手拿火机去点，一手捂着耳朵，随时准备往后跑。

放炮似乎是男孩子的专利，女儿们大了，对放炮并不感兴趣。我有些惆怅。有时候偶尔坐长途车回家。看到背着大包小包来来往往的旅客，总会想起当年被没收的那一万头的大鞭炮，还是有点心疼。

最近这几年，过年太安静，不像那回事。爆竹声中一岁除，门前爆竹儿女喧，过年，还得有个响。

2019.02.03

过年的吃食

寒冬腊月，放假前后，在我记忆里正是"青黄不接"的一段时光。之所以青黄不接，是因为太难捱，一来要应付期末考试，如果考不好，过年是要打折扣的；二来终于要过年了，那些平日吃不到的吃食近在眼前，嘴上念，心里想，上学也格外亢奋，真是临风怀想，昼思夜结。

这时候街上开始有崩爆米花的，烙鸡蛋卷的，还有两样兼作的。其实平常也有，唯严冬时节，寒风凄凄，这种甜香极具穿透力，分外诱人。奶奶知我的心思，带我买过几回，顺带考察一番，很快胸有成竹，开始自制鸡蛋薄饼。她把鸡蛋打碎加蜂蜜白糖，与面粉搅拌，调汁。把烙馍的平底鏊抹一层薄油，七分热时，摊上汁水，抹匀，盖上锅盖，半分钟翻一次，翻来覆去三四次，即可。出锅的饼黄灿灿，圆似中秋月，平展如镜，趁热吃香甜薄脆，活色生香，不比鸡蛋卷差。看似简单，但家里的煤火不如烧炭的炉子，火候极不好掌握。奶奶很得意，一气烙一指厚的饼，管够。只是放凉了再嚼，嘎嘣嘎嘣，就费牙了。她还给对门李奶奶面授独门秘方，一同钻研改良，后来二人渐入佳境，饼薄如纸，撒上黑芝麻，锦上添花，扮相也好看，入口即化，香味飘满一条鹿米仓胡同。过年的引子就这样点燃了。

老家为老怀庆府府治所在，属豫北重镇，河朔名邦，文脉绵长，民风淳朴。这一带过年蒸馒头和炸肉丸子是重头戏，厚重，实在。馒头蒸得好坏，丸子炸得好坏，如作曲定调，决定了春节招待亲戚朋友的成败。馒头和肉丸子是过年最重要的主食，来了亲戚，添几碗肉汤，煮一锅丸子杂拌儿汤，熬一锅粉条烩菜，就热馒头就是一顿饭。蒸馒头和炸丸子最好用土灶，架大锅，烧柴火，不然施展不开手脚。过年家家户户要蒸"人口馍"，碗口大的枣花馒头，几口人要蒸几个。蒸馍的笼屉套笼屉，层层叠叠，如七宝楼台，堆至一米多高，云烟缭绕，煞是壮观。热气散尽，变出一屉屉晶莹如玉的白馍馍。刚出笼的馍馍白面红枣，点上红点，姹紫嫣红，像抹了胭脂的娃娃，婀娜极了。有的馍里还藏有硬币，谁咬到了来年肯定有福。

丸子馅儿家家都有秘方，少不了牛肉、大料、红薯粉、葱等主料，讲究的还拌山药。铁棍山药是远近闻名的，《本草纲目》已入药，补脾益肾，以老怀庆府地界所产最地道。每到腊月二十五六，街上肉摊子前排起长龙，多是牛肉，也有驴肉，现买现绞馅，人人欢天喜地。炸丸子油不能太热，待油吱吱从锅底冒泡儿，渐渐聚拢，平复，大人们开始握拳，挤丸子。白花花的面团儿像一群光溜溜白花花的娃儿，迫不及待地跳将进去，凫几下水，挤挤挨挨钻出头，龇牙咧嘴。锅里呲呲啦啦响，炉膛里的柴火噼噼啪啪地炸，大人们围着锅说笑着丢丸子，酣畅淋漓，年味儿腾地就上来了。笊篱一把捞起来，在锅沿上空空油，倒进大盆里，金灿灿的丸子螃蟹似的吹着泡儿，闪着光。我们等不及放凉，抓一串塞嘴里，焦香脆，来不及细嚼，囫囵几口吞下去，解馋得很，胜过一切美味。

有些吃食在热闹的大街上才能吃到。我喜吃炒凉粉，红薯凉粉，为本地特有。沁阳炒凉粉与开封炒凉粉风格迥异，后者以湿黏、香辣取胜；沁阳炒凉粉则方方正正，片片精神，焦香利口。直径二尺的圆形平底大锅，一半堆着小山似的切好的凉粉块儿，一半淋上油，呲呲冒烟，虚席以待。来人随叫随炒，随炒随吃。老板用铲子轻轻推倒山尖，翻动，淋油，淋蒜水；淋油，淋蒜水，翻动，如是者三分钟即熟。但见满地散落黄金甲，黄烂烂至透明，盛在黑瓷碗里，蒜末和凉粉的焦香混杂一处，热乎乎，满口生津，如铲几块锅底焦黄的薄皮，更佳！

还有出名的闹汤驴肉。我以为没有比"闹汤"二字更好的名目了，驴肉随处皆是，可煮熟了还能在汤里闹腾的，独一份！"天上龙肉，地上驴肉"。驴肉做好了确实好吃。煮驴肉须真功夫，功夫不到，不是轻了，嚼不烂；就是过了，化在汤里，捞不起来，切不成块儿。闹汤闹汤，煮驴肉决定成败的便是老汤，据说真正的老汤要用驴棒骨、怀山药、怀牛膝、怀菊花、草寇、草果等十几味调料，想恰到好处，何其难哉！普通家户煮驴肉自然没那么门道，简单的花椒大料，也都能做到连筋带皮，色香俱佳，有嚼头。

过年离不开饺子。母亲调的饺子馅儿公推第一，猪肉馅儿的原本只父亲爱吃，母亲还要给我们另作牛肉馅儿。后来她凭一己之力，统一了口味，使得大大小小都爱吃，孩子们也不挑了，过年只盘猪肉馅儿，虽说饺子馅不外乎肉、小茴香、葱、姜、芹菜等配料，但母亲配出来的绝不一般，从三十吃到十五也不厌烦。都说众口难调，也不一定，关键看主厨的手艺。

年夜饭是高潮。这时候是嫂子和妻的舞台。家里以往不过是两大盘饺子搭配几盘凉拌驴肉、姜汁莲菜、西红柿炒西葫芦等家常菜，不见得多讲究。嫂子行事稳健，家常菜自不在话下。妻则属无师自通派，胆大，敢于开疆扩土，再复杂的菜，手机一开，照着视频就敢弄。糖醋鱼、红烧羊排、熬炒鸡、油焖大虾，无所不能，不惧失败，做得也像那么回事。我最多打个下手。年三十儿晚上，千家笑语漏迟迟。父亲母亲招呼我们坐定，仨孩子只顾玩，按下葫芦起了瓢，一顿年夜饭就热热闹闹手忙脚乱地过去了。一年又一年，这些吃食的味道没变，只是操持的人一个个老去，期待的人一个个长大了。

今冬苦寒，我接母亲在我那儿住了一个多月。年底，我先送她回来。来去匆匆，寒风塞途。临走，哥顺手给我烩了一碗杂拌儿汤，很简单的肉丸子白丸子，加几片熟牛肉，几根金针菇和黑木耳，撒上切碎的蒜苗，热气腾腾。我端起来尝了一口，心上又惊又喜，酸辣咸恰到好处，像极了父亲做的味道。我几口吃完，意犹未尽。那一刻，感慨系之，真是悲欣交集。

2021.02.26

放炮才像过年

小时候，我认为过年就是放炮。

小孩儿不操大人心，鞭炮对我来讲是最重要的年货。初中以前，过年都在乡下老家。父亲每年都竭尽所能，带回一大纸箱的各式鞭炮。那时候多是光秃秃的草纸包装的土炮，很少有鲜艳齐整的大地红，质量也参差不齐。有年初一，天光微亮，东临家吉祥叔就开始点炮，砰砰几声闷响，却好像噎住了，停半天才又响一声，吭吭哧哧，直到日上三竿，还能听到这儿噗一下，那儿啪一下。听得我那个着急呀！父亲笑笑说，咱不要慌，趁周边鞭炮再响点，混在一起，谁也不知道谁家的长短大小，有个响就是了！

礼花更少，常见的礼花是镇上自制的一种，手腕粗细，周身裹花纸，上下饰以金边，鹤立鸡群，金贵得很，可惜中看却不怎么中用。引线时短时长，时快时慢，不保险，十个有六七个是很好的，点燃后，喷出一丈多高的火焰，火树银花，"纷纷灿烂如星陨"，诚不诬也。偶或有哑炮，引线烧完,却不见反应,这时候要沉住气,不可轻易上前。有一年三十儿晚上,我在老家的院子里放礼花。礼花立在一只高凳上,只见冒烟,不见动静。我按捺不住,上前查看,差一步就到跟前,就听"吭"的一声巨响,礼花炸了,凳子应声散架!我惊出一身冷汗,耳朵嗡嗡嗡好几天过不来。后来时兴礼花弹,小的如鸭蛋,大的如椰子,在直筒里点燃,如迫击炮一击冲天,嘡嘡炸出五光十色的各式花样,煞是好看。有次我带几颗回老家,在街坊四邻的啧啧赞叹中,一气放完,班师回朝,美滋滋地回去睡觉。父亲却担心带火星残骸引燃街上的柴火垛,起来看了好几回,一夜未眠。

男孩儿放炮天生胆大,我无师自通,实践得多了,也颇有心得。如黑火药性情温和,火光呈橘红色;银火药威力大,夜晚燃放,白光映天,其声震耳。有时候我嫌单个放不过瘾,便自制连环炮:把手指粗的大炮两两首尾相抵,只需点燃头一个,后头的跟着炸响,有时候会同时响,气势骇人。我还物尽其用,把捡来的哑炮拆开,火药集中一处,在地上洒作长条,沿线放上三三两两的小炮,点燃,一道蜿蜒的火线徐徐行进,噼啪噼啪,响个不停。还有就是把点燃的鞭炮丢到下水道里,看水咕嘟咕嘟冒泡,噗的一声炸出花,这要看时机和火候,否则丢进去就瞎了。现在想想很危险。那时候过年很期盼下雪,东风吹雪,炮红雪白,这年就更完美了。

高中以后,我们搬到县城鹿米仓胡同,家家户户院子挨院子，胡同仅容一辆小汽车通过，放炮回声大，有街坊邻居嫌聒噪。奶奶说没事，大一点的炮你跑远点，去河沿儿放，小炮随便放，过年不放炮哪像过年！

离开乡下老家后，虽然大张村离县城不过二十多里，但回去的次数越来越少，仅剩每年除夕，父亲领我和哥回去上坟。那时候少不更事，觉得回老家最有意思的还是能放炮，就格外期待。除了备齐香烛彩纸和两挂鞭炮，父亲还要揣几个两响大炮，最大的粗如手电筒。再响的炮在旷野里点燃，也只沉闷的一声"嗵"，带着尘土一飞冲天，绝尘而去，抬头再看，"挞"的一下炸开，声音随风飘散。暮色之中，四围上坟的鞭炮声此起彼伏，四野辽阔，唯回声辽远，在苍茫天地之间回荡。这些声音交织成一张巨大的网，将我笼罩，那一刻，不禁脸上一紧，突然觉得天地玄黄，宇宙洪荒。

从坟上回来，父亲还要回老院子看看，其实也没啥好看的。爷爷奶奶下世后，院子无人打理，难以为继，早几年就塌掉了，三间老屋，仅存半间街房，摇摇欲坠。父亲立在门前，颇为感慨，里里外外，前前后后慢慢走一遍，叫我俩在门前空地上点一挂三千响的大地红，噼噼啪啪，炸个酣畅淋漓。鞭炮响完，门前一摊殷红的热气腾腾的碎屑，瞬间便有了过年的喜气，老家的人又回来了。老街坊们闻声出来，和父亲握握手，寒暄几句，父亲既喜悦，又不舍。回去的路上，他默默看着窗外，不发一言。

以前，正月十五元宵节耍故事，最精彩的压轴戏就是晚上的舞龙。天色将晚，东西怀府路上已经水泄不通，人人踮着脚尖四处张望。忽然人群潮水一般向前涌过去，有人喊过来了！过来了！只见一条全身通明的长龙，自西边迤逦而来，快到跟前，领头的擎起龙头，一声喊，众人迅疾围成一圈，打开场子，呼的一声，自龙口喷出一丈多长的火舌来，映红半边天，吓得观众哗啦啦倒退好几步。有时候龙嘴里插上几支冲天雷，上下舞动时，突然停住，昂首向天，突突突，喷出十几个火弹，白光闪处，嗵嗵嗵炸响，震如霹雳。偶尔有喷到半空的弹子没响，带着火星落到人群中间，众人躲闪不及，潮水般四散开去，很惊险！火星尚未散尽，那龙已起身，一路翻江倒海，去远了。

过去县里正月十六还有焰火表演，在城西的喷泉广场集中燃放。那个热闹呀，万人空巷，人声鼎沸。一颗颗灿烂的烟花在夜空绽放，真是"东风夜放花千树，更吹落星如雨"。一年的欢喜都在这里了！直到漫天的烟火散尽，人们才觉得满足。年，终于过完了。

这几年过年太安静，没有了响彻四野的鞭炮声，没有了熟悉的硫磺味儿，耍故事除了扭秧歌就是唱戏，除了唱戏就是扭秧歌，有点太文绉绉，如武状元比作诗，不是那回事。你看穆桂英出场，若没有辕门外三声炮如同雷震，任你头戴金冠压双鬓，身披铁甲，帅字旗飘入云，镇不住场，哪还有什么威仪可言?

直到现在，我还是认为，放炮才像过年。

2021.02.15

元宵节

记不清有多少年没在老家过过元宵节了。老人老了，孩子大了，各种事情牵扯，心里不净，想过完十五再走，很难。在老家，正月十五十六没过，就还在年里。

正月十五吃元宵，过年才圆满。县里卖元宵出名的是几家清真老字号，在县城东北的自治街上。一条街上好几家糕点铺子，沿街摆张大案子，堆满成品和半成品。山楂馅儿、五仁馅儿、豆沙馅儿、黑芝麻……分门别类，一座座小山似的，码放得整整齐齐。元宵不是包出来，是滚出来的。馅料提前备好，一块儿一块儿，齐齐整整，倒进簸箕里。簸箕里是糯米粉，蘸水滚。端着簸箕上上小小，左左右右地颠，晃，摇。元宵就像小孩儿滚雪球，吃饱了糯米，胖墩墩粉嘟嘟的元宵就成型了。看着简单，实际很不容易，技术活儿。元宵可以现挑现包。里头衬一层草纸，外头是粉红色的包装纸，印着"××元宵"的名号，黑色仿宋体，有古味。元宵包成金字塔状的方锥形，用纸线扎好，给顾客留个线脑，提溜起来就走。过年走亲戚时兴送元宵,母亲常带我去买。元宵不耐放,趁新鲜吃,不然易受潮,湿透包装纸,脸上会染上胭脂,一个个红扑扑,粘到一块儿。

电影院从初十开始设夜场,通宵演电影,一直演到正月十六,每天都满场!父亲越是过节越忙。巨大的电影海报竖起来,立在影院二楼,《倩女幽魂》里的王祖贤,《真实的谎言》里的施瓦辛格,《狮王争霸》里的李连杰,老远都能看见。大喇叭里循环吆喝场次和票价,夜场从十点开始,连演五六部,一直到早上六七点钟。片子一般是两三部新的配两三部旧的,对半。新片都放在十二点以后,吊你的胃口。中间不歇场,抽烟的,嗑瓜子的,说悄悄话的,比银幕上还热闹。我从没看完过,坚持到最后的都是谈恋爱的小年轻。电影散场后,地上层层叠叠的花生瓜子果皮烟头,踩上去噻噻响。父亲领大家打扫卫生时我常凑热闹。有一次,我竟捡了一张崭新的五十块钱,偷偷买了一堆烟花过瘾。大多数是捡烟盒,各种各样的,花花绿绿。收集烟盒也没啥特别的用处,有的叠三角,和朋友们摔着玩,有的交换。有时候觉得淡淡的烟草味很诱人。五年级吧,有一次看电影,黑暗中,经不住邻居小伙计撺掇,我接过半截烟头塞嘴里嘬,红光明灭,吞云吐雾,很拽。还没吸几口,父亲凑巧来找我,照我头上猛拍一巴掌,惊得我魂飞魄散。我从此再也不敢招它。

一到正月十五十六,咚咚隆咚锵、咚咚隆咚锵的鼓点就响起来，乡下的亲戚们都进城来。大人骑车带着老人，老人抱着小的，白天看耍故事，看舞龙舞狮耍老虎，在街上吃小吃，晚上看灯。我最喜看龇牙咧嘴的花皮老虎。吐着红舌头，尾巴翘上天，一点也不吓人，只是虚张声势罢了，很调皮。县中心广场是压轴戏，人群浩浩荡荡，挤在广场上看老虎倒爬云梯。梯子不是普通梯子，每一蹬都是尺把长的刀子，刀刃朝上！还会走钢丝，从容不迫，威风凛凛。我的心提到嗓子眼儿，对老虎肃然起敬，该出手时就出手，不含糊。夜幕降临，县城怀府路，东西大街人声鼎沸，两边都是各单位的花灯，有的放在单位门口，有的挂两边的树上，有的搁在卡车上，旁边架着突突突的发电机。火树银花，连成一片，灿烂如灯海。小孩儿都打灯笼，灯笼纸是那种轻薄的棉纸，半透明，带着褶皱，形如弯月。两边呼啦拉开，合拢，就成了个圆。中间插一截小拇指粗细的红蜡烛，用小棍子挑着。灯影摇红，映红大人小孩儿的脸，高兴都挂在脸上。真是"千门开锁万灯明，他乡故国此宵同"。什么是花好月圆，这就是。

打灯笼得小心翼翼，烛焰摇曳，稍不注意就呼隆了。我和哥会用酒盒自制灯笼，找几个父亲喝剩的张弓、西凤的红盒子，戳几个窟窿，穿上铁丝，点上蜡，一样明晃晃，还不容易呼隆。现在的灯笼少见纸的了，都是塑料加电动，各种造型，还有音乐，走一路响一路。每年过完节，父亲都把灯笼的电池抠出来，细细擦干净，用塑料纸包好，放个地方，等下一年再拿出来让孩子们耍。可惜前两年搬家后，电子灯笼找不到了。

十五一大早，排山倒海的鞭炮声就响起来，聒噪得你睡不成，到晚上，更甚。还有时不时在天上嗵哒嗵哒炸响的礼花。过午的鞭炮这时候不放完更待何时，直到正月十七，添仓，才渐渐消停下来。十年前，我们住在广场边上。每年元宵节前后，满城的人都来放焰火，叮叮咣咣，此起彼伏。不用出门，站在二楼阳台上就能看个够，看得多了，又不堪其扰。这几年都不让放了，到处冷冷清清，闻不到火药味儿，就没年味儿。我又很怀念从前叮叮咣咣的元宵节。

那时候还有放孔明灯的。一盏盏红冉冉升起来，越飞越高。众人仰头看，目送它们飘远，星星点点，袅袅婷婷，又喜悦，又惆怅，就像渐行渐远的年。

2022.02.12，正月十二

爷爷

打我记事,爷爷就已经很老了。

印象中的爷爷,身形颀长,脸型瘦削,留着一撇一捺八字须,一根拐棍须臾不离身,戴一顶毡帽,沉默寡言。小时候,我是有点怕他的。这怕的缘由,说起来有些可笑。父亲说我两三岁时调皮不听话,当时爷爷进城照看我(那也是唯一的一次),有次午睡起来,我不服管教,爷爷给我穿好衣服找不到鞋,好容易找到鞋我又不配合,穿不上。他一怒之下,把我一个人扔床上哭,摔门出去,叫我爸来收拾烂摊子。父亲说的情景,我根本不知道,但至此与爷爷结下"梁子",总不敢亲近他。

老家旧时的院子不大,只三间瓦房,上房、厢房和街房,呈品字形。一条狭长的灰砖小路,连接上房和街房。就这三间瓦房也是土改时村里分的,更早之前住的是土坯房,我没有见过。上房东侧是一条阴暗逼仄的过道,没有灯,黑咕隆咚,通往后院,那里有厕所,还养着几只花母鸡。院里长着四五棵高大的香椿树，其中两棵很有些年头，高可参天，需两人合抱。每年春暖，香椿抽芽，街坊四邻都拿带钩的竹竿过来采。采下来的新鲜嫩芽用开水焯一下，拿盐腌上，拌上切碎的豆腐，滴两滴香油，一清二白，口味绝佳。香椿炒鸡蛋更不必说，是令人垂涎的美味。

上房正中摆着一张八仙桌，放着一只香炉。墙上挂着书法中堂，印刷品，朴素的魏碑，暗红底子白字。一直只记着头两句："城南城北万株花，池面冰消水见沙。"觉得朗朗上口，又是大白话，读罢早春万花齐放、水面冰消的画面便在眼前浮现。后来知道是王安石的《忆江南》，找来一读，觉得后两句"回首江南春更好，梦为蝴蝶亦还家"更精彩。两旁还有幅草书对子，也是印刷品，红底白字的草书，内容早忘记了，大概是"寿比南山不老松"之类的吉祥话。这些是父亲从单位发的年画挂历里拣来的，一直没有更换。这些陈设与村里其他人家正屋中堂摆菩萨敬财神迥然有别，为乡下老屋添上一点难得的书卷气。

老家叫大张村。蹊跷的是，村里人不是姓白就是姓杨，并无张姓，尤以白家为多，且多在县里经营生意，家境殷厚。爷爷自幼家贫，只有一个妹妹，直到36岁才娶了奶奶，而奶奶当时只18岁。这种老夫少妻的组合，并非佳偶天成。爷爷担心提亲的嫌弃自己面老，安排邻家兄弟去替他相亲，直到定亲之后，奶奶才见了真人。我没听奶奶亲口说过，已近中年的爷爷，家境一贫如洗，能娶上一位豆蔻年华的黄花闺女，在当年是奇迹。每次听大人提起这个笑中带泪的温馨往事，我总感到一点薄薄的心酸。我相信奶奶是看中了爷爷的人，踏实，厚道，能吃苦，宁肯嫁给这个比自己整整大了十八岁的男人。后来一起相濡以沫的几十年时光，也证明她当年的选择是正确的。

爷爷没上过学，成家之前在县城白家的悟本堂当伙计。悟本堂以经营文房用具闻名，他学做毛笔，沾染了一点文墨，靠着这手艺，兼卖些石板石笔和油印《三字经》《百家姓》等养家糊口，支撑全家老小的生计。石板我在老家的厢房见过，比课本稍大，长方形的青石块，四周镶木框，平而略涩。写石板用石笔，如筷子般粗细的白色长条，随写随擦，就像黑板粉笔，在当时是学生上课的必需品。父亲小时候，上房门口常年摆一张桌子，放满石板、石笔、毛笔、《百家姓》《弟子规》之类的用具。有人来买，门口吆喝一声，径直进来，爷爷在，他收钱，他不在，来人就把钱放在钱盒里。父亲和姑姑们谁都不去动，也不敢动。

爷爷和奶奶生养了七个孩子（小叔早夭）。爷爷重男轻女，五个姑娘，只父亲一个男丁。有时候他被姑姑们惹烦了，训斥她们，你们满天星星也抵不上一个月亮。于是父亲又多了一个外号：月亮。在过去的年月里，要养活五个星星一个月亮，背后的辛苦难以尽数。1938年，日军进攻沁阳城，爷爷和村里十几个青壮男人被国民党抓去当壮丁,在战场上抬担架,扛弹药,挖工事。爷爷这一走,奶奶六神无主,跑回娘家求助大姐夫。这位姨爷是很传奇的,当时跟晋豫交界太行山上一个土匪头子扛枪,兼跨黑白两道,平日多亏他经常周济爷爷奶奶一点钱粮,雪中送炭。据说姨爷花了两块大洋疏通关系,把爷爷赎了回来。这位颇有些侠肝义胆的姨爷后来做洋布生意,最后在山西被人劫道杀害,不得善终。生活的本来面目不必粉饰,更不用杜撰,写出来远比小说惊心动魄。

爷爷生活极俭省。家里大大小小的农具家什,大到铁锹、耙子、笊篱,小到篮子、扁担,他都在上头烙上记号,写上一个杨字或旺字,郑重声明物有所主。我曾亲见街坊来借东西,他踌躇半天,不说借又不说不借,最后都是奶奶干净利索地拿出来给人家。我和哥哥饿了想吃东西,奶奶一人给一大块面包或馒头,他总在旁边说,先给半个,吃不完浪费!

爷爷做毛笔的功夫是有名的,悟本堂的毛笔行销远近,也有他的劳苦。从悟本堂出来之后,他便挑着担子四处赶集卖文具,每日鸡鸣即起,步行去崇义镇甚至三十里之外的县里,都是平常不过的事。父亲每对我讲起这些,情绪激动,话音沙哑,忽高忽低,眼睛里偶尔透出一点骄傲的神采,但很快会暗淡下去。回忆不是忆苦思甜那么简单,旧年人事总与饥肠辘辘的生存记忆和茫然无以自处的痛苦经历纠缠在一起，我的好奇搅动他内心的波澜。家里的香椿树树干上分泌的树胶，像流下的一滴滴眼泪，凝固后晶莹剔透，如琥珀玛瑙，见证了爷爷辛苦奔忙的一生。这些树胶放在火上熬透，就是粘毛笔头的好材料。我明白了老家院子为何只种香椿树。

小时候在老家，一家人围着方桌吃饭，爷爷坐上首，牙口不好，夹一筷子菜，只见胡子一动一动，慢慢从口袋里掏出一张灰手帕，轻轻擦下嘴。后来他独自盛饭坐到一边，自己吃自己的。吃过饭，拄着拐杖，在村里四处走，回来时，总捎回来一些废纸片纸盒子之类的东西，带字的报纸书纸一捆捆扎好，其他的废纸撕成一片片巴掌大的方片，放到厕所当手纸。奶奶每次都唠叨他，不要再拾这些破烂，但无济于事。有时候被奶奶说急了，他也不争辩，只长叹几声，脸色很不好看，起身离开，几天不跟人说话。我常见他一个人拄着拐杖，坐在门洞里，街坊邻居路过打招呼，他嗯一声，眉眼一沉，继续沉浸在自己的世界里，想着旁人无法知晓的往事。晚年的他，总有些孤愁落寞，感觉他有万千心事。

街房的西墙边，常年放着一口白花花的木箱子，前宽后窄，里头放些五谷杂粮，都是地里打下来的玉米麦子粜完剩下的。后来东西盛满，盖上盖子，一袋袋堆到上面，摞起来。我就和父亲母亲睡在箱子对面的大床上。我问父亲，那箱子是干什么用的？父亲说，那是你爷爷的寿木，棺材。我大骇，晚上不敢一个人在屋里待。这寿木是爷爷年轻时就已做好的，本家的一个兄弟是木匠，爷爷托他用自家地里的桐树打的。父亲说这些时平静如水，仿佛生与死的距离不过就是这床头到对面的距离。老一辈的人经历了太多风波险恶乃至生死存亡的考验，生死如穿衣吃饭，安之若素。来自来，去自去，人生天地间，不过如此。

上房很深，门槛很高，屋内阴凉漆黑，只在晚上开灯。爷爷和奶奶睡的炕头正上方，是一层夹板，隔开半人高的空间，类似阁楼。有时候见爷爷奶奶搬来梯子，上上下下，取放些东西。我远远踮起脚尖，也看不清究竟，一直很好奇。一次，我搬来两个凳子摞起来，想要爬上去。爷爷突然出现，吼了我一声："你干啥！"吓我一激灵，撇嘴哭起来。奶奶闻声赶到，数落他："上面又没啥值钱东西，让孩儿看看咋了！"他并不争辩，默默把凳子恢复原状，笃笃笃拄着拐出去了。此后我再也没有上去看看的念头。

爷爷的身骨是很硬朗的，九十岁的时候，还担粪下地。夏收时，他虽然不再下地，但也闲不住，顶着烈日，在村头大路上捡麦穗。劳动就像一日三餐，是他的本能。直到九十一岁那年夏天，他捡了麦子回来收拾，在上方东侧的过道里不慎摔倒，跌坏了腿，只能卧床。整整大半年的时间，他只能躺在床上，终日呻吟，有时在半睡半醒中说些不明所以的胡话，找来大夫，却查不出病因。他也确实没有什么病，只是太老了。想动而不能动的痛苦，将他原本丰盈的生命力彻底耗尽。人都是这样，一点一点老去，身体在岁月的淘洗中慢慢变得脆弱，直到有一天，梁崩栋摧。

弥留之际，爷爷把小姑叫到跟前，指着床头吊着的一只篮子，告诉她篮子里有他平日卖废品攒下的钱。他说："你妈没有挣工资，这点钱留给她用。"篮子里是用花手帕和塑料纸包裹的一卷硬币和一毛两毛的零钱，算下来，有八十多块钱。后来生活好了，姑姑带奶奶去赶集，收拾好东西要出门，奶奶说找些零钱带上，数着数着，睹物思人，忽然叹口气，坐下来，嘤嘤抽泣。

爷爷老的那几天，正是初秋，大雨滂沱，村里的土路涕泗横流，泥水没膝。那时候的我，对死亡，对亲人的离去懵懂无知，大人哭，我也跟着哭。葬礼在年少无知的我看来，是一出堂皇而有趣的仪式。出殡时，当我和哥穿着孝衣打幡，走在队伍前头的时候，我竟然有一种奇怪的自豪感。直到看装着爷爷的棺材埋入地下，彻底消失，我才突然有了一种无可名状的恐惧和生死两隔的悲伤，堵在嗓子眼，压得我喘不过气。

多年后的一个夏天，我在老家过暑假。奶奶爬上阁楼收拾东西，找到两只竹篮子，哎呀一声，露出哀戚的神色，幽幽地说："你爷连这点东西都不舍扔。"我接过来，原来是几捆笔管，几扎笔头和几只铜笔帽，捆线已经糟透，扒拉扒拉，全散了。青黄的笔管上刻着一行清劲的小楷：羊毫悟本堂杨纯三制笔。这是我见过的他唯一的手迹，我这才知道，爷爷原是有名号的，姓杨，名旺，字纯三。爷爷做了半辈子毛笔，不曾留下片纸点墨，我从初中开始学字，可惜，那时爷爷已经下世，我已经用不上他亲手做的毛笔。

我小时候兴趣驳杂，喜看传奇故事，看电影《东陵大盗》，被突然坐起的慈禧太后吓得几晚睡不着觉，但此后对文物历史感兴趣。高中读了文科，有一阵子着了魔似的，沾上考古癖。缠着奶奶、父亲，打听祖上的历史，然而每次都是失望。从爷爷的爷爷算起，老杨家都是再普通不过的农民，不是书香门第，没有进过学，没人当过官，也就不可能有什么可资考证的历史和能炫耀的传家宝。不过，我还真淘到不少"宝贝"：一串制钱，有半两、五铢还有道光通宝，一枚巴掌大的刻有十二生肖的圆形方孔铜币。有一次还从老家上房的壁龛里，找到一卷已经有些朽烂的宣纸，打开一看是地契。字迹不是文人手笔，稚嫩朴拙，后头落款有宣统、民国字样，还按着殷红的手印，我如获至宝，悉心收拾在自己房间。可惜十年前，家里翻新房子，这些东西统统遗失。至今想来，心中隐隐作痛。倒不是因为这些物件价值几何，而是这些凝结了爷爷奶奶那一代人生活经历的东西，就像解开老辈人生活秘密的钥匙，我却永远失掉了。

爷爷于1989年去世，享寿92，倒推回去，他应该生于1897年，也就是大清光绪二十三年，真真是旧时代的人。父亲兄弟姊妹中，除大姑留守老家，其他人都进城扎下根。十几年来，老人相继下世，没了人气，老家的院子逐渐破败，塌掉了。老宅作为家族命运迁播流转的中转站，使命终结，不复存在。只剩下香椿树，但故人已杳，全然没有从前枝繁叶茂的神采。

爷爷那一辈的人的生活，平淡如流水，也绝非一泻千里，实则曲折萦回，暗流涌动，甚至波澜壮阔。他们用自己一生的努力，赤手空拳，默默将儿孙引到通向幸福生活的道路上，铲平荆棘，垫平沟壑，奉献了他们所能奉献的一切，自己一无所求，终老故乡。

每次想起他，眼前总浮现这样一幅画面：春寒料峭，一头老牛拉着犁耙，踉跄以耕。无奈犁耙太重，老牛年老力衰，虽狠命向前，犁却不动，汗水泪水涔涔而下，打湿脖颈，打湿肩头。

2018.03.03

酒事

一

父亲年轻时嗜酒，但还不到如命的地步。

他喝酒是有名的，擅喝大口酒，空腹。二两的杯子满而不溢，捏在手里，头一仰，咕咚一大口，最多三下就干了。面不改色，在座无不惊骇。

他喝酒不在意过程，更享受酒劲上来后的无我之境，和谁都能喝到一块儿。退休之后，以前在电影院周边补鞋的，修自行车的，修表的，都成了他的老伙计。在人来人往的大街上，路边的小摊子，一包花生米几只鸡爪，两三个人一瓶酒就下肚了。不管和谁喝，他喝酒就是喝酒，没什么话。有时候热菜还没上，他这边酒兴已尽，说声告辞，起身便走。偶尔有应酬坐酒店包房，按资排位，他就很拘谨，手脚没地方放。

小时候，他常叫我去街上的小卖部打零酒，自斟自饮。

我很乐意效劳，因为总会多出一点跑腿费，买几片泡泡糖，一张画片或是一包瓜子。上世纪八九十年代，正流行鹿邑大曲，白脖红字绿标签，两块钱。两条交叉的麦穗，四个红殷殷的行楷字，印象深刻。多年后读"道可道，非常道"，才知道这酒竟出自老子故里。他偶尔也喝高档一点的张弓、宋河、西凤、董酒，酱香型、清香型，再好的酒，到他那里都一样：辣。

他喝酒的杯子是一只六棱白瓷茶杯，靠墙搁在饭桌里头，专用。二舅在汽车修理厂上班，用一点废钢材的边角料，给他车过几只大小不一的不锈钢酒杯，银闪闪，光可鉴人。有时候人多还是不够，就用单位发的搪瓷茶缸，那种雪白的杯身，当中印一个鲜红的奖字。单位年终开总结会，他都会领回一只。有年春节，我经不住玩伴撺掇，把一只崭新的茶缸用炮仗实验火箭，"嗵"的一声炸到影院三层楼顶上去了，挨了好一顿打。酒具高低胖瘦，参差不齐，但斟上酒，琳琅满目，"兕觥其觩，旨酒思柔"的感觉还是有的。

上初一那年，我们从电影院搬走，收拾东西时，父亲从床下翻出两瓶西凤酒，屋内潮湿，酒盒子已朽烂。什么时候放的，早忘了。他大喜过望，一边呼朋引伴，叫大家来家里共饮，一边喜滋滋带我上街买下酒菜。那次酒菜相当丰盛：花生米、鸡爪、炸河虾、猪蹄子、卤兔头，铺陈一茶几。众人围坐一桌，屏气静息，十几只眼睛齐刷刷盯着那两瓶老西凤。父亲甚为得意，众目睽睽之下小心翼翼拧开盖子，挨个细细斟酒。酒水微微泛黄，淅淅沥沥的酒线粘而不断，杯内漂起一朵朵酒花。屋内顿时酒香四溢，真的很香，可以说余味绕梁。现在我很少闻到那种香味了。卤兔头微辣，没多少肉，但很有嚼头，确切地说，很有啃头。父亲教过我吃法，兔眼先抠掉吃了，握住长牙将上下颌骨掰成两半，把脸颊的肉啃了，将舌头吃掉。再把后脑勺掰开，这时候连着长牙的腮骨就成了应手的勺子，可挖吃脑花。这些步骤颠倒不得，否则无处下嘴，了无生趣。啃兔头重在过程，如何优雅又尽兴，只有喝酒的人能体会。

二

父亲从什么时候开始喝酒，已不可考。我问过多次，他总是不好意思地呵呵笑笑："喝酒不用学，到年龄就会了。"

父亲出生于1948年，初中毕业后去镇上农技站帮忙，后被推荐到海南岛学习了五个多月。回来时想给家里带点特产，背了一筐青香蕉，辗转两三天，回来全臭了。1971年，县电影管理站招工，父亲由公社推荐去学放电影。从学员到正式工，再到影院经理，一干就是三十多年。

父亲当年拍了一些照片，记录下年轻时的神采。最常见的是穿一身洗得发白纤尘不染的工作服，手扶电影机，面目谦和，浑身上下透出一股指点江山的乐观和质朴无华的书卷气。他给我们讲过刚学放映时，跟师傅下乡放电影的情景。俩人一组，一辆二八自行车，一辆三轮，驮着弹药箱似的拷贝和 16 毫米放映机，还有银幕、音响，一来一回，轮着蹬。

下乡时一般自带饭，口袋里偶尔揣一瓶或半瓶白酒，往往赶在夜幕降临前，赶到放映点，架机器，挂银幕，调音响。一通忙碌之后，夜凉如水，电影胶片像一条欢快的溪流在输片和倒片两个齿轮之间潺潺流淌，镜头里光影闪烁，一束光打在银幕上，哗啦啦，打开了另一个神奇世界的窗口。两人一边嚼馒头咸菜，一边哼着"地道战，地道战，一边埋藏着英雄千千万……"，看鬼子山田被炸上天，就着茶缸，从容抿上两口，苦则苦矣，却听得我们又心生向往。

父亲的酒肉朋友不少，来看电影的熟人也多，开演前都会来家里坐一会儿，打个招呼，一来二去，顺带把明天后天的酒场就约上了。座上客常满，樽中酒不空。喝酒固然痛快，但他那会喝得太多太凶，喝多倒头睡觉，万事皆休，母亲对此愤恨不已。但她有大肚量，有旁人在时，都给足父亲面子，张罗饭菜，忙前忙后。待酒局散尽，免不了吵架，家里气氛一度很紧张。

我读研究生时，给父亲写过一封信，也是给他写过唯一的一封信，劝他少喝酒，多担当。父亲走后，我在他床下的抽屉里找到了那封信，夹在一本工作笔记里，依旧平展如新。打开一看，我发现当时竟写下这样恶狠狠的话："我每次看到你喝酒贪杯，我就愤懑不已，恨不得把酒瓶扔了！"他当时并没有回信，但能感觉到他的改变。他很少再出去，自己在家喝一点，每天中午一杯，最多一两。即使这样，也不好意思光明正大地在母亲眼前喝，老是在中午趁母亲在厨房忙活，悄悄倒上一杯，捏两根咸菜，一口喝尽。给我们使个眼色，红红脸，重又到厨房帮忙去。

我工作之后，父亲已从单位退休，渐入老境。年轻时的随性和鲁莽，还是给他的身体造成不可逆的损害，血压高，心脏也不好，他慢慢尝试戒酒，生活也规律有节制。我平常回来得少，隔三岔五给他买几瓶酒，放家里，由他处置。他自己喝得很少，大多会叫上二舅，简单喝两口，直到十多年前完全戒掉，说到做到，不再沾酒。

唯一的一次破戒，是在2009年夏天。那时大女儿出生，他和母亲来看孩子。他独自在我宿舍暂住，我和母亲在医院陪护，顾不上他。他那几天兴致很好，按捺不住，晚上自己上街买了一只烧鸡和一瓶白酒，拉我隔壁宿舍的C君共饮。C君受宠若惊，有些轻敌，最后喝得人仰马翻，第二天睡了一上午。后来C君对我说，"老爷子太厉害，我真陪不住。"

三

"人之齐圣,饮酒温克。"父亲离圣人的教诲还有不小的距离,正所谓君子饮酒也,一爵而色温如也,二爵而言言斯,三爵而油油以退。喜欢喝酒的人在酒桌上是很难把控的。早年他难免贪杯,也时有酩酊大醉不辨东西的时候。我记得大概我上一年级,一天中午,他酒后回来,母亲发牢骚,两人大吵。他一怒之下拿我撒气,一脚把我踢倒在地,头磕在门上,我吓得大哭不止。他酒醒后很后悔,自那以后,再也没有动过我一根手指头。

如今,我也偶尔和朋友们吃饭,吹牛,喝上几杯。微醺之后,嚼着大舌头,彼此豪气干云一番,于是那种种看似坚不可摧的艰难险阻也不过尔尔。酒酣耳热之后,还是要回到现实中来,独自深一脚浅一脚地走,一路抬头看朗朗月光,心里头是很明亮的,但又有阵阵掩饰不住的悲凉,时时泛起。

喝酒,其实是父亲与生活对话,与自己和解的方式。他不善言谈,讷于言,每当遇到不顺心的事,便以酒饮之化之。大多数的苦痛和烦恼总能被酒稀释溶解,喝几杯,睡一觉,天大的事也不会觉得无路可走。他戒酒之后,一天到晚有点心事重重。同样的烦恼,往往在心里一搁就是十天半月,过不去,整个人就变得沉重。父亲走后的日日夜夜,我曾经很多次尝试溯流而上，走进他的世界。但岁月的激流逝去如斯，暗潮涌动，我摸索着跋涉，前进，走着走着，父亲那座灯塔忽然就暗下去，消失了，不知自己身处何方。身后的大门关上了，前路依稀难辨，召唤我继续行进。人生终究是自己的，真的回不去。

父亲喝酒时，我们还小，等我们长大，他已经戒酒，喝酒一事，没有交集。最多是在春节除夕的饭桌上，他和母亲热火朝天地忙上半天，把饭菜铺满整整一桌子，招呼我们领着孩子们嘻嘻哈哈地坐定。自己倒上一小杯，抿一下，递给母亲。然后就在一旁笑呵呵地看着我们和孩子吃，眼圈红红的。

尊成山岳势，材是栋梁余。父亲那一辈电影人，是中国电影发展史的亲历者和实践者，没有成就什么经天纬地的大事业，但在那个年代，放电影看电影却是县城百姓最离不开的娱乐方式，甚至是当时基层最重要的文化事业。与他同桌共饮的叔叔伯伯们也陆续凋零，我曾想给他作采访，写写他的故事，可惜时不我待，悔之晚矣。

父亲戒酒之后，把平常我给他买的好酒都存起来，逢年过节招呼客人。哥趁他不在家，把他藏在柜子里的酒悄悄拿走喝掉，留下空盒做样子。他很苦恼，想方设法东塞西藏，母亲笑他，谁喝不一样，肥水不流外人田。前阵子回老家，和二舅吃饭，他说起从前和父亲相约喝酒的往事，很感慨。

他告诉我,父亲送给他一瓶精装红瓶宋河粮液,五六年了,没舍得喝,以后他会一直存着。

2020.10.25,重阳节

夜来幽梦忽还乡

这几天，老是梦见东湖，梦见东湖边的老宅。

七月底，八月初，伏天的尾巴就挂在树梢，蝉的嘶鸣一声紧过一声，简直声嘶力竭，聒噪得很。夏天意犹未尽，秋天还没站稳脚跟，这时候的东湖是最好看的。碧水浩荡，荷花开得正盛，宛如一个盛大的节日。荷花有红白两种，白色居多，朴素，简单，连成一片香雪海。红的不多，但很打眼，如少女脸上的腮红，点缀在一片雪白之中，楚楚动人，又不娇气。有时也互相牵连，火烧连营一般，烧红一池秋水。雨后，十里荷风一城香，那种带着水汽的荷叶荷花香四处弥散，香得你只有束手就擒。天气晴好时，立在水边，西北望去，可以看见绵延的太行山脊。远山眉黛，碧水凝眸，整个县城既婀娜，又辽阔，山山水水，一下子就活了起来。

临水而居，乃人生幸事。有了东湖，就有了人气，县城东北隅的这一池碧水，李商隐笔下的"陂路绿菱香满满"是这里，王铎念兹在兹的"菡萏与波相去留"也是这里。千百年来，它是古城生生不息的原点，开枝散叶，辐射出一条条曲曲弯弯短短长长的弄堂、胡同和街道，化作一根根纵横交错的血管，滋养了小城的肌体，勾连起无数人间的烟火和俗世的悲欢。

老宅我有两年多没去过了。不知道父亲那辆骑了十几年的自行车，是不是早已朽烂，不能骑了；他攒了多年的那一大堆蜂窝煤被雨水浸泡，应该塌掉了吧；棕树没人给它修枝剪叶，这时候要顶破凉棚了；陪伴了我们几十年的铁树，估计早旱死了；我捎回家的两大瓶古越龙山老黄酒还在客厅的角落里，落满了灰尘；厨房顶上的裂缝还没来得及修补，漏雨漏得更厉害了吧；我一直放在车上的钥匙，还能不能插进生锈的锁孔，把院门打开……

鹿米仓三巷19号，这座普通的三间两层砖瓦房，是父亲母亲在1980年代，用东拼西凑的2000块钱盖起来的。在这之前，一家人挤过县城东关大杂院里十平米的危房，住过电影院黑黢黢湿漉漉的仓库平房，这些只是四口人漂泊落脚的地方，不是家。盖房子时赶上影院改建，拆下很多废弃的钢筋檩条砖瓦，父亲就用架子车，来来回回奔波几十里，从工地上拉回不少旧砖，敲掉水泥，二次利用。这是父亲唯一一次沾公家的光。仓库平房，父亲睡的床下就有几大盘现成的钢筋，已经放了很多年，母亲说拿出来用几捆吧，反正单位用不上，又没个数。父亲坚决不同意，直到我们搬走，那些钢筋彻底朽烂，被当作废铁卖掉了。后来我练字，他从单位图书室借了一本《黄庭坚墨迹选》，退休前说过好几次，要我把书找找，还回去。

东湖的水域原本很大，老城墙以东，一片方圆数十里的广阔水面，也是怀庆古城胜景之一。随着人烟渐密，家家户户填湖造地，盖房定居，水面被一点点蚕食，人进水退，便成了现今这片不大不小的东湖。为了往来方便，人们又把水面割成大大小小的几块，成了池塘，莲坑，碎琼乱玉一般散落在县城一角。老宅子的地基所在就是先前的水面，尽管下头早被石头泥土夯实，但夏季返潮，难以根治。于是水涨船高，后来的家户地基打得越来越高，以至于屋后就是别家的鸡舍和厕所，秽气冲天，后窗成了摆设，开不得。

大概是2004年，有一天，父亲发现东侧房脊望兽龙头不知何时被敲掉了半边，这可是大事。看痕迹，不像是自然风化。父亲母亲调查了几天，无人承认。父亲一咬牙，那年春天开始翻修房子。那时我正和妻谈恋爱，五一她随我回去认认门儿。父亲喜出望外，尽管患痛风，行走不便，还是爬高上低，意气风发地站在二楼的一片瓦砾中，指点江山，向我们描绘宅院翻新后的欣欣向荣的景象。后来妻告诉我，其实最吸引她的还是宅子东边不远处的东湖。

历时半年，老宅焕然一新，房顶抬高，鹤立鸡群，换上了新的脊兽。看着崭新的贴着白瓷片的宅子，他很满足："这回可以住到老了。"那种如释重负的神情，让我想起每次回老家上坟，他默不作声地站在破败的祖屋前，那种庄重、依恋和不甘。这就是他对生活的全部要求。每年春节，当我站在门口，看着红彤彤的春联贴满院子，那一刻，既喜悦，又有一种地老天荒的沧桑感。

父亲格局不大，抱负也不大，凡事不与人争短长，好满足，少是非。2012年暑假，我带他和母亲去北京。那是他第一次去北京，也是唯一的一次。他站在天安门广场，环顾四周，要我帮他以人民英雄纪念碑为背景照张相。他站得很挺拔，脸上带着志得意满的微笑，皱纹也舒展开了。看着长安街上的人来人往，意味深长地说，"一辈子就这一回了。"我没接话，百味杂陈，陪他们出来的机会太少了。来去匆匆，父亲念叨的故宫和长城没去成。

新房落成后的第二年，老家来了两个老先生，是父亲的故交，说老家要修族谱，来了解情况，其实是化缘。他们听说我是研究生，便对父亲说："这在从前可是相当于举人了。"父亲的眼神亮了起来，他看了看我，犹豫了一下，拿出500块钱给了他们。然后把我叫到一边，低声说："不要告诉你妈。"

新房在外观上脱胎换骨，但实际的效果并未有大的改善。二楼抬高了不少，但地基动不得，在屋里四面墙上都贴了瓷片，防渗水。夏天雨季来临，白花花的墙会出汗，床上的被褥都是黏糊糊的。为了冬天取暖，屋子里装了暖气片，父亲在院里生了采暖的煤火炉子，烧一种大若脸盆的蜂窝煤。但效果不佳，寒冬腊月，屋里屋外温度相差不大。父亲很无奈，他尽力了。

有了东湖，如胸怀璞玉，时刻都温润自足。我无论身在何处，如同落在荷叶边缘的雨珠子，宿命一般，身不由己又心甘情愿地滚落到圆心。无数个安静的清晨，我躺在床上，听见父亲那辆刺啦刺啦的自行车，轧过下水道的水泥盖板，唿嗵唿嗵，由远至近，然后戛然止住。习惯性地干咳两声，从裤子左边的裤扣上解下磨得溜光的黄绳，把钥匙窸窸窣窣地插进锁眼儿，吱呀一扭，开了门。不一会儿，他卸下东西，换上背心裤衩，摇着蒲扇，吧嗒吧嗒往河沿儿去了。

四十年，人生正是壮年，对宅院来说已经很老了。这些年，鹿米仓胡同里的灯火慢慢黯淡下来，对门的老杨，隔壁的生旺叔，斜对门的老魏，东头的东东妈，西头的老韩，一个接一个地走了，剩下的邻居也陆续搬走，换上一副副生面孔，或者干脆上锁，荒着。这根老旧的血管，代谢慢下来，直至千疮百孔，完全堵塞。去年夏天，母亲搬到了新家。楼下就是滨河公园，水边也有热热闹闹的荷花芦苇，岸上还有一簇簇樱花，要比东湖规整得多。一切都换了新的。母亲从老宅拿来一只带靠背的小板凳，那是翻新房子时，父亲用剩下的油漆漆的，母亲说："那是当年他俩结婚时做的，你看看，多少年了！"

每次我回来，父亲都推着那辆自行车，在胡同东头等我。他接下我的行李，一件一件摞在后座上，推着在前面走，我跟在后头。走的时候，也是大包小包地搁在后座上、车篓里，我走在前面，他推着跟在我后头。后来，他和母亲更在意俩孙女跟没跟我一起回来，那样的快乐是加倍的。有年寒假，天气奇冷，下了好几天大雪，遮天蔽日。我和杨子终日搂着煤火炉子，哪儿也去不了。一天下午，父亲扛着扫把和铁锹，不声不响地出去了。过了好一会儿，他噗嗤噗嗤踩着雪回来了。拉杨子就往外走，"看看我给你整了个啥！"我也跟了去，一路深一脚浅一脚地走到湖边，原来他堆了一个大大的雪人！杨子高兴得尖叫起来。父亲笑呵呵地从口袋里摸出几个大炮，像个孩子似的，点着了往湖里扔，空旷的湖上嗵哒炸响，震得树上的雪块簌簌地往下落，砸得满头满脸。爷俩的欢笑穿透皑皑的田野，直抵莽莽苍苍的远方。

父亲一辈子没什么话，心情好的时候和不好的时候，他都会去湖边，背着手散步，有多少快乐、愁苦和心事都倒给了这一池湖水，无人知晓。碧水浩荡，还有什么东西装不下。这么多年，父亲母亲跟着我们东奔西跑，没享什么福，吃尽了水土不服的苦头。只有回到老宅，他们才焕发精神，如鱼儿入水，活成另外一个真实的自己。我在开封的院子里留了一小块空地，凿池为流小叠泉，挖了个小鱼池。我从家里捎来一大把荷花种子，可总养不活，长着长着就夭折了。一方水土养一方人，草木何尝不是这样呢？

今年春节回家，我独自去了一趟东湖。那时候春寒料峭，人迹稀少。脚下的冻土硬邦邦，湖上结着一层薄冰，流水无声。我在胡同口站了一会儿，远远地看了看，幽深寂寥，没有进去。我怕碰见老街坊，怕他们问我什么时候回来了，为什么不回去。胡同口的一家刚翻盖了新房，黄灿灿的迎春花从门头径直耷拉下来，开了满墙满地。回来之后，我心绪难平，花了两天时间，写了生平第一首七律：

老巷春来人迹杳，东湖日落水声寒。
白茅欲堕吹还散，苦藕曾牵断复连。
点点红梅催青杏，层层绿漪卷碧澜。
昔年杖履同行处，月染长堤雪满山。

春节过完，正月初九，开封下了一场结结实实的大雪。第二天一早，我和妻带俩孩子去操场撒野，堆雪人，打雪仗。下雪的情景总是相似的，我脸上一紧，想起多年前的那场大雪，大雪中的父亲、我和杨子。我问杨子，你还记不记得爷爷给你堆雪人？她眼睛一红，很认真地点点头。

今年夏天，雨水太大，丹河的水满了，沁河的水满了，东湖的水也满了，倒灌进了胡同。我回不去，很担心。哥说，老宅没进水，一切安好。

故人已杳，东湖尚在，老宅也在，只是，它们和父亲一样，离我越来越远了。

2021.08.22，中元节

理发

一

小时候,我很不喜欢理发。

我上小学四年级,11岁之前,没上过理发店。我的头发都是母亲给我剪。母亲说,小孩子没发型,简单修一下就行,不用上理发店。

那时候我不懂"君子整其衣冠,尊其瞻视,何必蓬头垢面,然后为贤?"的大道理,顽劣的男孩子更不计较收拾打扮,便自发遵循"身体发肤,受之父母"的古训,总之,交给母亲打理便是,反正我再反对也无效。

和做针线缝纫一样,母亲理发也是无师自通。母亲理发的工具很简单,没有理发剪,就一把普通的银色尖头剪刀,用得时间长了,紧,钝,涩,有时候动作太快,会夹扯头发,疼得我直缩脖子。没有专用斗篷,一条蓝底白花的围裙,带着饭菜的烟火气,绕着脖子一系,就成。没有手动推剪，更没有电动推剪，鬓角、额头都是母亲一剪一剪修出来，齐齐整整。没有电吹风，不论冬夏，洗完头，自然风干。

起先我站着，慢慢我长高了，母亲探着身子有些吃力，便让我坐着。冬天还好，夏天便痛苦难耐。那时候，我们一家挤在电影院家属院的平房里，说是家属院，不过是一排坐西朝东的简陋平房，原来是存放杂物的仓库，后来隔成几间供职工居住。我们分到一大间，三十平方左右，没有隔断，简单地用衣柜和沙发隔开里外两个空间，放上两张咯吱咯吱的大铁床，我和哥睡里头，父亲和母亲睡外头。冬冷夏热，房顶漏雨，屋内潮湿。夏天每一次理发都像受刑，屋里湿热，再勒上密不透风的围裙，电扇虽然开着，只能远远地摇着头，几无凉意。不一会儿，我就大汗淋漓，脸上、脖子上粘着碎头发屑，浑身奇痒，站也不是，坐也不是。母亲也不轻松，满脸是汗，顺着额头淌下来，不时会糊住眼睛。每次理发少则半小时，多则近一个小时，我得一动不动地配合，那个滋味难受得呀。

我实在受不住了，向她告饶："妈，能不能快点？"

母亲呵斥我："急什么急，就你知道热！别动，再动剪到肉了。"

1990年10月，我有幸被选中赴北京参加全国第二届少先队员代表大会。这在当时是件大事，全省只有11个少先队员代表。母亲特意给我买了新衣新鞋，临行前，她本想再给我剪一次头发。后来父亲说，我毕竟是第一次出远门，而且是代表河南省参加活动，得讲究讲究，还是去理发店吧。

于是，我生平第一次进理发店。

理发店还是国营，很近，就在电影院广场西边的路口。临街全是通透的大玻璃窗，屋里窗敞明亮，弥漫着洗头水、染发剂、发胶的味道。有人专门给我洗头，戴上干净的斗篷，拉我坐在洁白的转椅上。能在镜子里看到自己改头换面的过程，真是奇妙的体验。理发师是位中年妇女，面目和善，穿着白大褂，手边电吹风、电动推剪一应俱全。母亲不放心，不断提醒理发师，前头长了，后头短了，在一旁着急，恨不得自己上手。理发师笑着安慰母亲："没事，小孩子的头我剪得多了。"但她不知母亲有丰富实战经验，理发师有着自己的专业眼光。经不住三句两句建议要求，后来也手忙脚乱，乱了方寸。总之，剪得很不成功，但木已成舟，只能将就了。

少代会代表团报到当天，父亲和母亲送我去郑州。领队老师一见我，便皱起眉头，直摇头，"你们那里就没有好一点的理发师吗？"这让母亲很不安了一阵子。

我从北京回来以后，母亲不再给我剪头发了，她的理发师生涯戛然而止。我忽然很不适应。

后来我猜，母亲可能觉得我出去了一趟，见了世面，长大了。

二

哥长我三岁。小时候我俩是冤家，见不得，离不得，天天置气打架。母亲严厉又不失公允，一碗水端平，每次无论谁对谁错，各打五十大板，情节轻微地吵上几句，严重的则各铺一张报纸，一声令下，每人跪上半天，各自反省，绝不姑息。

我俩打架都是些鸡毛蒜皮的小事，战斗完毕，我会恶狠狠地指着他说，"我没你这个哥哥！"哥则义正辞严地回敬我，"我也没你这弟弟！"不过转眼，我就又觍着脸，屁颠屁颠地跟在他后头，当讨厌的跟屁虫。我和哥从小打到大，没什么深仇大恨，不过还是有点影响，直到现在，生人面前我很少叫他哥，不是怨恨，是张不开口，习惯了。

哥的学习成绩曾是很拔尖的。初二那年，父亲生病住院，母亲顾不上管他。十几岁的男孩子正值荷尔蒙旺盛的青春期，心智尚未成熟，贪玩，叛逆，冲动，结交了不少朋友，心思抛锚，学习渐渐荒疏，成绩一落千丈。那阵子，家里的生活真是四面楚歌，艰难得很。母亲心急如焚，痛下杀手，让哥转学去了乡下小姑执教的中学，留级，再读一年初二。一来有人照管，二来与他的一帮玩伴拉开距离。哥自然不情愿，但别无他路，后来还是听从安排，默默去了乡下。其实，母亲又何尝忍心。

九十年代初，生活条件虽然已向好，但乡下比不得城里，生活条件还是很差。学校宿舍是大通铺，蚊虫肆虐，食堂饭菜也寡淡得很。哥一周回来一次，改善改善伙食，收拾换洗衣服。县城到学校来回四十多里地，他大多骑自行车，每次回来骑的车子都不一样，穿的衣服也常换样，宿舍的同学穿衣吃饭，不分你我，资源皆共享。回去时，母亲想让他带点水果零食，自家做的丸子之类的吃食，他都不带，带过去他也吃不到多少。

那时的哥清瘦，不修边幅，戴着眼镜，胡子拉碴。头发常一绺一绺，毫无章法地贴着额头，两边盖住半只耳朵，后头遮住衣领。我曾看过一张他当年和同学的合影，大红的背景，他戴着俏皮的牛仔帽，横握吉他立在中间。旁边两人扒着他的肩膀，偎在旁边。他一脸浅笑，两个酒窝或隐或现，眼神透着一种神秘的孤独，兀自发着光，俨然桀骜不驯的流浪歌手，又带着几分叛逆诗人的清高孤傲。

秋假，我和母亲去看他。刚下过几场雨，路旁的玉米地密不透风，偌大的校园里空空荡荡，操场的土地坑坑洼洼，深一脚浅一脚，长着半人高的野草，空气湿漉漉，草腥味儿四处弥漫。小姑住在校园里，两间房，一间兼作办公室。门前放着一只纸箱子，铺着旧棉花套。一只肥嘟嘟的猫正眯着眼打盹，毛长而白，蓝眼，煞是好看。身旁围着一窝可爱的小猫，正挤着吃奶。我问姑姑平时怎么喂它们。她笑笑说，"自力更生！学校里有老鼠，它饿了出去转一转，就吃饱了，她吃饱了，小猫也就吃饱了。"我吃了一惊，忽然很不安。

每到周末，我都巴望他回来，一来几天不见，有新鲜感，二来他回来，我就可以跟着沾光，吃上几顿难得的美餐。傍晚，在门前摆上小方桌，摆满饭菜，除了母亲拿手的烙油馍，烧茄子，甜面片儿蘸番茄酱，还有买回来的卤熟的鸡胗鸡肝鸡翅，或者油炸花生米，最奢侈的无非是一整只烧鸡。对我而言，最惬意的事情莫过于此。当时母亲和哥之间有些紧张，有很明显的隔阂在。一家四口一起吃饭，常冷场，有一搭没一搭地聊着。哥沉默寡言，神情木然，心里藏着很深的东西，与母亲很少交流。母亲唉声叹气，但也无可奈何。青春年少，正是头角峥嵘，极自我的时期，父母讲的大道理都懂，但就是很难顺从，很难扭转。这是每个人必然经历的过程，无法跳过，总要有。

后来很偶然的一件事，打破了他们之间的障蔽。

有一次周末，哥跑回来，吃饭时坐立不安，抓耳挠腮。母亲一问才知道，他的头发生了虱子。母亲忙起身，扒拉他的头发查看，让我和父亲帮他一个一个抠掉虱卵。这些东西小如沙粒，粘在发根，不仔细找很难发现。母亲进屋拿出剪子、梳子和围裙，给他修理头发。母亲一脸心疼，剪得格外认真，小心翼翼，一剪一剪修得很短很薄。剪完又给他烧水洗头。从前都是母亲给我哥俩理发，哥到底比我大几岁，很早就自作主张，坚持不让母亲理发。这次他默不作声，整个过程都很配合，像一头迷途知返的牛犊子。

此后，哥每次回来，母亲都坚持给他修头发，洗头。母亲还四处打听除虱的偏方，用硫磺皂，虱子药洗，拿很细密的梳子梳头。可总是刚好一点，一回乡下，马上又死灰复燃，不能见效。我常和父亲坐在门口，替哥捉虱卵。我当时甚至把这当成一件趣事，全然不能体会哥的痛苦，简直是没心没肺。功夫不负有心人，在母亲的悉心打理下，总算将虱子彻底消灭。哥与母亲之间开始回暖，他的眼光里少了提防和躲闪，整个人也明亮起来。

一年之后，哥结束了放逐生活，返回县城继续读书。学习如逆水行舟，更像是推巨石上山的西西弗斯，稍有懈怠，便再难翻身。哥的学习终究不温不火，高中三年平平淡淡，后来考了本地的一所大学，毕业后回县城，成家立业。

多年以来，我其实很感激哥，他吃的苦头比我多，至少多了那一年被放逐的青春。他的前车之鉴避免了我再蹈覆辙，一路走来，常提醒我莫犯错，虽也磕磕绊绊，但少了很多波折。

那时候，生活虽然清苦，但总有这样那样的一些人和事，或快乐，或悲伤，让你刻骨铭心。

三

三姨说,母亲年轻时很俏。浑身上下迟早都收拾得齐齐整整,自己偷偷不知在哪儿收藏的红头绳,过年的时候才拿出来漂漂亮亮地绑上,让姊妹们嫉妒。母亲在一旁只是笑而不语。

我见过母亲年轻时的黑白照片。印象最深的一张,大概是她十七八岁时的样子:双手背后,挺胸昂首,一身白底竖道的衬衫,衣角随风轻轻扬起。圆脸庞,乌黑茂密的齐耳短发,嘴角微扬,带着浅浅的笑,有一点羞涩。目光很深,遥望远方,明亮,干净。在她身后是一望无际的高粱,微风轻拂,仿佛可以听见遥远过去传来的细碎的声响。还有一张她初中时参加篮球队的合影,窄窄的一个长条,和旧时的粮票大小差不多。七位姑娘一字排开,清一色的麻花辫,母亲当年可是一位标致的美丽姑娘,而且英气逼人。她不止一次给我讲过篮球赛的故事。那时候她上初二,乡里的中学条件差,篮球队是临时凑起来的,打了几场比赛都输得稀里哗啦。最后一场对县城某个学校,大比分落后,眼看比赛结束,母亲这边竟然一球未进。同伴都很沮丧,想要放弃了。母亲急了,把球要过来,径直运球往前,刚到中线附近,未过半场,奋力跳起,双手过胸,瞄准篮筐猛地一掷,篮球划出一条极高的抛物线,唰的一下,空心入网!全场炸了锅。

每次讲完，她都自己先咯咯咯地笑出声来。

我理解母亲的"俏"，不是赶时髦，穷讲究，母亲姊妹九个，家境艰难，也根本俏不起来。她的俏，是不认输，穷困逆境之中也要努力点染自己的生活，纤尘不染中透出的朴素的美。

母亲最会收拾头发，小时候就常给姊妹们梳头发编辫子。可惜我和哥都是男儿身，空有一身本事，没有用武之地。好在她退休后，我和哥陆续都添了孩子，一下仨女娃娃，母亲乐开了花。给孙女收拾头发，梳辫子，都像是精心雕刻一件艺术品。她也给娃娃们剪过两次头，刚开始还能哄着坐下来，后来就按不住了。母亲不再勉强，对我们说："隔了一代了，男孩儿不讲究，女孩儿还得漂漂亮亮，你们带孩子去外头剪吧。"她给我们带孩子，自己也没心思打理头发，就顺其自然，常自嘲人不人，鬼不鬼。

父亲很仔细，一辈子谨小慎微。他患高血压，常年药不离身，我让他用我的医保卡在这边买，他嫌贵。买药和理发，其实是父亲丈量时间的参照物。每次来我这边，他最多带一个半月的药，药吃完，头发也该剪了，于是就冠冕堂皇地班师回朝，哪怕只一两天，也要回去透透气。我对父亲说："爸，你回去一趟的路费够你理好几次头发了。"父亲仍旧只是呵呵笑笑，有些不好意思："我知道，不是一回事。"

父亲穿衣吃饭不讲究，但理发染头很关紧。回家总要去街口那家小理发店。店面很逼仄，一间门面房，一半兼作卧室，放着一张床，堆着杂物，另一半才是工作间，一张油腻腻的老式转椅，一张桌子，和满地的头发碎屑。剪头的是位胖胖的中年妇女，是从前国营理发店的师傅，眯着眼睛，腿不灵便，走路慢慢腾腾，剪头也慢慢腾腾。虽然慢，但她很仔细，父亲头发茬靠后，她总不忘用剃刀剃净。然后递给父亲一条热毛巾，捂一把脸，拿剃刀在荡刀布上来回蹭几下，轻轻刮掉两腮的胡茬。事毕，再擦一把脸。父亲整个人顿时精神起来，一尘不染。每次连剪带染，九块钱。

后来在我这边住久了，父亲也开始尝试上街理发，慢慢习惯了十五块、十八块、二十块钱的价钱，但染头从不在店里，回家让母亲帮着弄。渐渐的，他俩形成默契，各自理发之后，回来互相染发。染发剂很普通，十几块钱一包，倒在小杯子里搅拌均匀，一把小刷子，两块小毛巾，一打一次性手套。简单的一套工具，走哪儿带哪儿。他俩也没学过，无师自通，脖子裹上毛巾或者围裙，戴一次性手套，用小刷子把头发里里外外边边角角均匀地抹上一层。染完顶着一头染发剂，再晾上一个多小时，最后洗干净。

他俩退休之前常吵架，所为都是一些不是事的事，一生气就冷战，有时候彼此半个月都不说话。别看他俩一辈子吵吵闹闹，但焦不离孟，孟不离焦，谁也离不开谁。有一次他俩又因为鸡毛蒜皮的小事拌嘴，好几天谁也不理谁，气氛紧张。一天下午，父亲不声不响地出去理了发，顶着一头花白的头发回来，一个人在屋子里来回踱步，几次想说话又咽回去。好半天，母亲冷冷地说了一句："染头不染？"父亲怔了一下，扭头看了母亲一眼，"嗯"。说完，父亲去卫生间里把东西取出来，一样一样铺展开。母亲手一挥，"你去洗个头，坐那儿吧。"父亲如释重负，洗了头，像个做了错事的孩子，拿毛巾围上脖子，老老实实地在阳台坐下来。母亲叹口气，麻利地收拾好东西，弯下腰，开始给父亲染头。父亲一手托着杯子，一手揪着毛巾，不时地低头抬头扭头，配合母亲。两个人都不说话，只听见呲呲呲的刷子与头发摩擦的声音。天色有些暗，落日的余晖从西边斜射进来，金灿灿的，在墙上刻下一道浪漫的剪影。

这是我此生见过的最美好的场景。

2020.04.26

补记：前几天回老家。晚上，母亲、哥和我无心在家里做饭，闷得慌，就一起出来走走，吃个饭。四月薄暮笼罩下的县城，车马如流，路灯次第亮起来。眼前的情景再熟悉不过了，只是少了父亲。多好的一家四口，怎的突然只剩下我们仨。脚步有点沉，一下一下踩在心上，很疼，瞬间觉得天地玄黄，宇宙洪荒。

我俩找了一家临街的小酒馆，想喝一杯。哥买了卤肉和花生米，把菜单递给我，"再点个菜吧。"我没什么胃口，扫了一眼菜单，看见有炒肝，也是父亲爱吃的，一闪念，想点，又放弃了。摇摇头，说："你看吧，随便。"不一会儿，菜端上来，果然就是炒肝。我心里一热。

一家人的默契，是血浓于水的命定，任何时候都打不破。

2020.04.30

书卷多情似故人

少年时代，确实很喜欢看书。

父亲工作的电影院就在县城中心的府前街，当年的怀庆府衙旧址，乃人文阜盛之地。影院面南背北，虎踞龙盘，颇有气势。西边是一排门面房，有几家录像厅和小饭店。门面房台阶下有固定的几个小书摊。书很多，只租不卖。《童话大王》《故事会》《读者》《飞碟探索》杂志等应有尽有，《西游记》《三国演义》《铁道游击队》等连环画和小人书最多。花花绿绿的书摆在地上，用透明塑料布盖着，再压一根长长的竹竿或铁条。2分钱一本，付了钱，坐在长条凳或是小木扎上看，不限时间。老板是个光头白胡子大爷，大多闭目养神，有时也举一本杂志躺竹躺椅上，敞着怀，吱吱扭扭地看。看着看着，把杂志忽闪两下，盖脸上。看似打盹儿，实则假寐。一有小孩儿偷看，他就突然坐起来，用小棍子戳你，"弄啥咧，回去拿钱！"我是常客，去得多了，偶尔趁他不注意，把手里的书偷换一本接着看，花一毛钱看一晌，直到母亲喊我吃饭。他笑呵呵地用小棍子戳戳我,"差不多了,回家吃饭吧!"一年冬天,母亲给我买了一顶新的线帽,帽檐儿能翻下来,遮住耳朵,只露正脸。我喜滋滋地跑去看书,突然几个小混混从后头一把扯下我的帽子,没等我反应过来,人已经嘻嘻哈哈跑远了。我吓得大哭。大爷站起来,挥舞棍子,大声斥骂,但无济于事。后来我再去看书,总觉背脊发凉,担心被偷袭。就索性搬凳子坐到大爷旁边,才算踏实。

书摊有大部头的武侠小说,古龙金庸梁羽生,牛皮纸包了书皮,书脊用棉线打孔装订,另外盛在一只大木箱内。借阅一次两毛,押金五块。哥大我三岁,识字也多,攒了钱就偷偷借回去看。我看不懂,只对小说的绣像插图感兴趣。他一本一本地看,我一张一张地描,各取所需,相得益彰。印象最深是金庸小说里的人物。画面简单,纯用白描,以线条勾勒取代繁复的笔法,寥寥几笔交代环境,或远山落日,或绝顶峭壁,或密室灯影,或荒野古刹,人物以写神为主,男主角如郭靖、张无忌之类,都是俊眉星目,正气凛然。"肌肤若冰雪,绰约若处子"的神仙姐姐王语嫣,让我浮想联翩,插画却纤弱如纸,楚楚可怜,我有点失望。黄蓉、小龙女长得都差不多,连发型、服饰都没什么分别。现在回头看,这些人物插图得和文字搭配着看,图文互补,方能领会小说动人心魄的情境。可惜我那时不过是买椟还珠,只看画，不看字。我描着描着无师自通，学会了叠砌线条表现衣袖褶皱，虚实明暗交代人物神情，刀剑招式也有板有眼，可算一种臆想式的人物速写，其意义不亚于周伯通自创双手互搏，独孤求败自创独孤九剑。可惜好景不长，哥很快眼睛近视，戴上厚厚的眼镜。母亲痛下杀手，武侠小说是看不了了。我的美术天赋也就此夭折。

父亲单位没什么书可看，无非是《大众电影》和《电影故事》。《大众电影》好看，全是电影明星，婀娜妩媚，有时候看得面红耳热，想入非非。《电影故事》字多画少，都是剧本影评，看不懂。父亲怕我学坏，不再往家拿杂志，最多捎几份《参考消息》回来。报头是魏碑笔意的行书。当时哪知道是鲁迅先生的手笔，"考"字我看着面熟，一直读"参改消息"。

我平常没什么零花钱，有几个钢镚儿就攒下来，粘到床头的红皮柜子上。屋里常年潮湿，柜子总是黏糊糊的，一分、贰分、伍分、一毛，贴得胡眉画眼。攒够两毛，就一枚一枚揭下来，去买一期郑渊洁的《童话大王》。《童话大王》每期48页，我舍不得一口气读完，吃饭时看几页，睡觉前看几页，攒着看，不过瘾。记得有一篇讲公共汽车的故事，名字想不起来了，说某市有一辆最新型的公交车交付出厂，挂牌250号（这个号码有点意思），满载乘客上路。上班高峰，突遇大堵车，政府要求严格遵守交通秩序，不许下车。

乘客群起反对，但被依法强行禁止，大家只得随遇而安，在车上安顿下来。谁知这一堵竟然十几年！在政府督导下，大家也习惯了，分工协作，各取所长，统一安排车上的生活，甚至还有人结婚生子！既荒诞不经又一本正经，真是魔幻现实主义的杰作。我读罢喜欢得不行。

隔壁住着一对干部夫妇。男主人姓黄，天津部队上的，转业前是团长。他是柏香镇人，天津待久了，豫北怀庆话和天津话杂糅，说话抑扬顿挫，像听相声。黄伯是文化人，一年四季，衣服领子的第一个扣系得一丝不苟。堂堂一个团长，转业回来只安排到电影公司作支部书记，相当于股级，实在是大材小用。他吃饭时喜放京戏，跟着哼唱，"今日痛饮庆功酒，壮志未酬誓不休。"有时候一个"酒"字唱上去半天悠悠哉哉下不来，我在隔壁都听得着急。他们的屋子还没我家宽敞，逼仄，阴暗，靠北墙站着一架书，从上到下，满满登登。他常招呼我去玩，让我随便挑着看。我最喜欢看《十万个为什么》，封面黄底黑字，图文并茂，每一册扉页都印有黑体字的毛主席语录。有一个问题我记得很清楚："为什么我们计数的方法是十进制？因为伟大领袖毛主席教导我们说：要胸中有数。因为我们的手指头只有十根。"黄伯的老伴儿因为想念天津的儿女，常闷闷不乐，抑郁多病。黄伯就办了提前退休，他们匆匆回天津了。临走，他把一大纸箱子书留给我。这也是我人生中第一批藏书。

当时最喜欢看打仗的电影:《地道战》《地雷战》,电影里常说把鬼子打得落花流水,屁滚尿流,听着解气又过瘾。在黄伯给我的书里有一本成语故事,里面就有"落花流水",出处竟然是一首词,叫《虞美人》:

> 帘外雨潺潺,春意阑珊。罗衾不耐五更寒。梦里不知身是客,一晌贪欢。 独自莫凭栏,无限江山,别时容易见时难。流水落花春去也,天上人间。

这几句和打仗扯不上关系,半夜、下雨、做梦、回忆,还有落花随流水一般逝去的春天。我忽然开窍,觉得这几十个字写的东西很美,有种薄薄的凄凉。我好像懂得了一点什么,又说不上来。多年以后,我才知道作者南唐后主李煜,就死在开封,也就是我每天上班路过的孙李唐(逊李唐)村。

电影院广场对面,过马路有一间电子游戏厅。游戏厅是一间狭长的临时搭建的平房,十几平方,天天挤满人,都是学生,乌烟瘴气。邻居雷是高手,他比我大两岁,不论什么游戏,他随便练几天,就能通关。他打游戏从不缺钱,有时候老板还会多给他几个游戏币,让他表演,招揽生意。我跟他去了几次,玩得少,看得多,终于也按捺不住,一试身手。有一次下午放学,我没有回家,跟他径直去了游戏厅。

我正抱着冲锋枪哒哒哒扫射，忽然，母亲从后头拧着我的耳朵把我从人堆里提溜出来，来来往往有不少同学，我一下子出了名，灰头土脸。我不敢再去，雷也不再喊我，偶尔来家里找我玩。一天，父亲发现抽屉里的粮票少了，我意识到可能是雷动了手脚。后来一查，果然。雷的父亲暴怒，把他扒光了上衣，拿着皮带狠命抽，啪啪啪，一声一声让人心惊肉跳。雷一脸不屑，不叫饶，也不躲闪，眼睛充血，像一头桀骜不驯的牛犊。我有一种劫后余生的后怕。

大概是小学三四年级，夏天，晚上七八点钟，我和哥在露天影院看电影。忽然电闪雷鸣，劈头盖脸下起暴雨，观众哄地一下四散奔逃。我和哥被人群裹挟着，跌跌撞撞跑回家。屋里的水淹到了小腿，鞋子、书报、杂物泡在水里，白花花漂了一片。母亲当时出差不在家。父亲领着我和哥舀了半夜的水。我那几十本书全毁了，真是落花流水，无可奈何。

母亲说父亲很抠，我不完全同意。父亲在生活上确实很俭省，但支持我看书买书。他给我订了好几年的《童话大王》。父亲初中毕业，没读过多少书，单位的工作总结和讲稿都是母亲帮他整理，他再誊一遍。父亲的字很有特点，像草写的仿宋体，骨架外拓，提按夸张。母亲说是长腿蛛蛛，其实还是很耐看的，有毛主席长枪大戟的风采，别具一格。他有时候亲自上阵，写电影海报。他的字很适合用美工笔刷,有一种俏皮的美。他的墨宝曾花花绿绿地贴满县城的大街小巷。我初中以前的课本封皮,都是他用旧挂历或电影海报给我包的。正面是妩媚的女明星,背面雪白,一尘不染,正好用来包书皮。每次包好,他都郑重地用钢笔写上语文、数学、自然等。写完,拿起来仔细端详,然后在某处描上一笔,才满意地递给我。

上小学初中时,看了不少杂七杂八的书,写作文就常用一些书上学来的新词,语文老师觉得不错,用红色的波浪线标记出来,经常被当范文在课堂上朗读。我便有些得意,自以为作文写得不错。但一到正式作文竞赛,脑子就一片空白,搜肠刮肚,写不出来,总是得一个安慰大于实际的三等奖或优秀奖。我很悲哀,自己只是一名训练型选手而已。

我喜欢去新华书店。书店离电影院步行不过十分钟,店员有父亲母亲的熟人,我看得多,买得少。我一本一本地抽出来看,从这头走到那头,仰头望着高到屋顶的书架,常想,我要是能有这么多的书多好。有时也买一些看不懂又觉得有意思的书。高二暑假,我买了一本《跛足帝国:中国传统交通形态研究》,薄薄的一小册,定价七块六。父亲问我:"能看懂吗?"我答不上来,只觉得"跛足帝国"这个名字很有趣,一定是本好书。母亲支持我:"看不懂先放放,将来再看。"二十多年后,我开始从事旅行文学研究,这本小书真派上了用场。从前条件有限，饥不择食，现在书山书海，欲读之而无从下手，大多囫囵吞枣，不求甚解，功利心太重，真正读进去的很少。出差旅行，除了收拾行李，总为带什么书踌躇再三。现在书店里的书都很讲究，精装过塑，美则美矣，却拒人于千里之外，那种触手可及的亲密感没有了。我很怀念从前那位摆书摊的大爷。

杨子大了，新学期开学，我让她给金子包书皮。她一百个不情愿，但还是遵照指示，尽一个姐姐的义务。书皮是现成的塑料彩色书皮，对齐，粘上，再用尺子小心翼翼地来回刮几下，挤出气泡，压实。最后贴上姓名贴。金子毕恭毕敬地在一边打下手，被姐姐来回使唤，一会儿去拿这个，一会儿去取那个，乐此不疲。我当甩手掌柜，坐在一旁看，想起父亲在灯下给我包书皮的情景，好像就在昨天。人生就是无数个场景的重复，似曾相识又复乎远矣。

八月底，开学前，我带杨子去书店。她已经上初中了。一路上，我雄心勃勃地给她灌输要多读经典，唐诗宋词呀，四大名著呀，名家散文呀，她若有所思，赞许地点头，嗯嗯。书店空空荡荡，没几个人。书太多，乱花迷眼。她在书架前来回逡巡，欲言又止。我不忍看她这么纠结，就说："你挑吧，想看什么都行。"她如释重负，一路小跑过去，从书架上取下一摞厚厚的三大本，试探地递给我。我接过来一瞅:《庆余年》。我愣了一下，强颜欢笑地给她结账，嘴上说挺好挺好，其实，心里还是有点不甘。

2022.04.24

市井三章

冬冬妈

冬冬一家住在我家西边，中间隔着两户。

冬冬妈面稍黑，微胖，说话中气十足，很强势。她很精明，口齿伶俐，锱铢必较，买菜砍价是出了名的，来胡同卖菜的菜农，都躲着她。

冬冬和我年纪差不多，很单薄，面如白纸，讷于言，不爱出门。胡同的孩子一起玩，他只是远远站着看，不参与。他学习不好，经常挨骂。冬冬妈骂起来气壮山河，很不堪。

冬冬妈很讲究，秋末冬初，只要一有雾霾风沙，就开始戴口罩，雪白雪白的耀眼，常换常新，直到来年春天。每次见她，不论骑车还是走路，口罩的两根细带子总在口袋外头露出多半截或少半截，随风飘舞。她每天都订牛奶，刚开始从街上自取，端着一小锅白花花的鲜牛奶，一步三晃，招摇过市。她不打牌的时候，就挨家挨户串门，或者斜靠在门口，嗑瓜子，看人，有时候长叹一声，仿佛若有所思。

很少见冬冬爸回来，他常年在南方做生意，据说很赚钱。冬冬妈不上班，打麻将几乎是她全部的生活，去别人家里打，更多在自己家支摊，男男女女，形形色色的人都有。若见她满面春风，主动跟你打招呼，肯定今天手气不错；要是哪天牌运不佳，见了人，眉眼都不想动，只很使劲地从鼻子里挤出一声"嗯"。逢年过节，冬冬爸提着大包小包的行李回来，逢人就笑着打招呼，斯斯文文，低眉顺眼，不像商人，像书生。过年过节家家户户都很快乐，冬冬一家不行，吵架打骂的声音传遍胡同，甚至还有噼噼啪啪摔碗砸东西的声音。门口的街坊八卦，说冬冬妈不让男人上床，只让睡沙发。后来，冬冬爸干脆不见回来。

站在我家楼上，有时候能看见冬冬大冷天一个人坐在楼梯口，望着远处发呆，像一只孤零零的猫。

后来冬冬辍学，去了外地打工。冬冬妈有说有笑，哗哗啦啦照样打牌，一个人过得热热闹闹。

七八年前，冬冬妈突然生病住院。没多久，人就从医院拉回来，整个人都垮下去了，原来得了肺癌。最后是街坊邻居协助娘家人打理的后事，冬冬爸没出现。冬冬来见了最后一面，撕心裂肺大哭一场，事办完就走了。

一家子人去楼空，才几年光景，风吹雨打，门楼摇摇欲坠。街道办联系不上冬冬家人，只好暂时用几根碗口粗的木头支着,挂个牌子:"危房小心!"

听说冬冬妈临走前,告诉冬冬,他爸不是亲爸。

装空调

家里空调移机。两位工人上门服务,一胖一瘦,一老一少。胖工人五十左右,技术娴熟,是师傅,负责室外作业;年轻人稚嫩,手生,是学徒,打下手。徒弟牵着安全绳,师傅在数十米高的窗台上作业,面不改色,镇定自若。

胖师傅的手机放在门口,施工时响了两回。徒弟问他,要不要接?他头也不抬,不接不接。没消停一会,又响了,铃声急促且执着。我帮他拿手机,显示"改1"来电。他瞟了一眼,按免提:"又弄啥咧!我正在楼外头干活,好了知道了!需要我捎啥东西,发微信,回去再说!"来电人名字怪,他的口气也怪。

事毕,收工。师傅指挥徒弟收拾工具,我先下去,给你嫂子回个电话,说罢下楼去了。我好奇,问徒弟,你师傅媳妇名字叫"改1"?他大笑:"不是不是,开封话,'改1'(gai yi)就是'隔意'。"

我恍然大悟。

河南人说"隔意",表示讨厌,烦人,厌烦的情绪居多。我想,胖师傅叫他媳妇,是老夫老妻之间有点讨厌的亲昵，或是有点亲昵的讨厌，反正很默契，带着一股粗粝的烟火气。

苗师傅

苗师傅是小区的门卫。

我们所在的小区不大，位置极佳，交通便利。原先物业也好，住着也舒服。后来住户渐多，总有人以各种借口不缴物业费，物业公司知难而退，小区开始自治。门卫、保洁都是小区里的老人，靠着青黄不接的物业费收入，勉力支撑。小区的环境每况愈下。

一次，我从门口过，看见墙上贴的物业费结算告白，眼前一亮：毛笔字，柳体，洒脱纯熟，一看就是行家，有功夫。一问，才知道是苗师傅的手笔。苗师傅六十多岁，满头白发，慈眉善目。平日负责收收快递，干干杂活儿，大多数时间坐在屋子里看手机，听戏，偶尔也会哼两句"今日痛饮庆功酒！"。我们下班回来，他总会报以一个微笑，回来了！他当班代收了快递，都会耐心等你回来，有时甚至送上门，从未出过差错。

我们在小区住了十年，楼上楼下的邻居都没怎么说过话，最熟的恐怕就是苗师傅了。

今年我们搬家了，前前后后折腾近半年。每次来回上下搬东西,苗师傅都会过来搭把手,我们说不用不用,他只是笑。

最后一次搬完东西,我们在门口和他告别。苗师傅说:"咱仨合个影,留个纪念吧。"我和妻有些意外,还是很欣然地请人用手机给我们拍了照片。

临走,他和我握握手,很使劲。我忽然发现,他眼圈竟然有点红。

2018.12.15

时光电影院

一

我是看着电影长大的。这在七十年代末长大的同龄人中，实在是令人艳羡又无与伦比的乐事。

打我四岁记事起，我们一家四口就住在县电影院的家属院里。说是家属院，不过是一排坐西朝东的简陋平房，原来是存放杂物的仓库，后来隔成单间供职工居住。我们住的是一大间，三十平方左右，空空荡荡，没有隔断。父亲简单地用衣柜和沙发隔开里外两个空间，放上两张咯吱咯吱的大铁床，我和哥睡里头，父亲和母亲睡外头。

平房冬冷夏热，冬天还好，哥俩挤在一起，抵足而眠，还能对付。夏天则闷热难耐，像蒸笼，房顶还漏雨，总也修不好。每逢雨季，外面下大雨，屋里下小雨，地上床上得放好几个盆子，叮叮当当此起彼伏。我和哥只能暂时睡沙发上，苦了父亲母亲，他俩就坐在我们身边，随时观察雨情，彻夜难眠。屋子地面潮湿，无论冬夏，屋里弥漫着阴湿的霉味儿。床头衣柜的红漆总是黏糊糊，我把平时攒下的硬币贰分伍分一枚一枚地摁上去，买冰棍儿、泡泡糖或者瓜子的时候再揭下来，时间长了，柜子上长满了金钱豹似的纹身。天花板上的水渍像画满了云彩，一片片，一团团，一缕缕，交叉叠印，组成各种图案。每晚躺在床上，我看着头顶上展翅高飞的老鹰，会飞的马，硝烟弥漫的战场，还有眉眼含笑的少女，进入只有我自己才懂的世界。

西窗下摆着一架缝纫机，兼作我的写字台。窗外是高高的一截砖墙，围墙和房子之间围成了一条逼仄的胡同，偶尔能看见黄鼠狼在墙头，悠哉悠哉地踱过来踱过去。胡同里见缝插针长了几棵桐树、臭椿和枸树。夏天，枸树上一颗颗鲜红的果子在枝头点燃，像炸开的草莓，它们径直伸过来，贴到窗纱上向我眨着眼。桐树不是北方常见的泡桐，是那种青翠挺拔的青桐树，树干碧绿光滑，泛着青光，阔大的叶子分叉，如一支支方天画戟，遮天蔽日。秋风起时，树上挂满核桃大小的果实，一串串金黄的铃铛似的，风来雨至，窸窸窣窣，颇有几分雨打芭蕉满庭空的诗意。

从我家出门到电影院大厅西门，直线距离不到二十米，抬脚就到。晚上睡觉时，可以听见放映厅传来的电影配乐、歌声、枪炮和大声的道白，时间长了，我练就了听音辨剧情的本领，一听声音我就能知道演到哪儿："为了新中国，前进！"董存瑞这时一脸肃穆，手托炸药包，拉开了导火索；"日出嵩山坳，晨钟惊飞鸟"，《牧羊曲》响起，这是李连杰提着尖底的木桶来打水，在溪水边邂逅了美丽的牧羊女；《画皮》我没敢看完，但电影里诡异阴森的配乐印象深刻，我知道女鬼梅娘该现原形了，挖书生王崇文的心脏，不禁汗毛倒竖！

晚上七八点，电影一开场，我就坐不住了，心里有小猫爪子挠，写作业走神，常借口上厕所，顺道溜进大厅看电影。公共厕所在五六十米开外，每次上厕所超过十分钟，母亲就会站在大厅门口喊我的名字，只需一声，我就以百米冲刺的速度从另一个门洞跑回来，坐到椅子上，大汗淋漓，还得呼哧呼哧半天。然而一旦夜深人静，电影散场，我宁愿憋着或者在门口的下水道就地解决，不敢一个人再去厕所。

二

父亲没上过高中，初中毕业即到乡里的农技站工作，1969年被派到海南岛培育玉米种子，一年后回来，赶上县文化局招工，阴差阳错进了电影队，一干就是二十多年。起先，他和同事骑自行车，驮着8毫米放映机和一盒盒圆饼干盒似的电影拷贝，无论寒暑，一个村一个村地赶场。冬天冷了，就喝口白酒御寒，这也使他后来酗酒，落下高血压的毛病。直到新电影院建成，父亲才算安稳下来。

电影院建成于八十年代初，位于当时的县城中心，是县里为数不多的几幢大楼之一。那块地方叫"府前"，也就是过去怀庆府衙门的所在地。大楼施工时，曾挖出一块巨大的石碑，密密麻麻刻满了字，上有龙首，下有龟趺，一看就不是凡物，我们却叫它"老鳖碑"。文物队来现场，说是明朝嘉靖年间的东西，拍了照，碑文做了拓片，因体积太大无法运走，就地砌了水泥基座，用吊车将碑重新竖起来。当时就有人说这是不祥的征兆，果然没几天，有一个建筑工人不慎跌落死亡，过了几天，不知谁偷偷把龟鼻敲掉了。我们小孩子们可不管那么多，整日爬上爬下，骑上龟背，在想象的大海里乘风破浪。

电影院原有一个旧的礼堂，建新楼时拆掉了，不知为何唯独留下了舞台和舞台的半拉顶棚。半圆形的大舞台，全是木头地板，走上去笃笃有声，是我们常去玩耍的乐园。父亲一个同事把舞台西边废弃的小房间重新收拾一番，他的妻子在里头做裁缝活儿，很是红火，成为院里第一个买大彩电的家户。可好景不长，没两年功夫，她突然精神失常，生意也就此打住，家境很快败落，那间房子彻底弃置不用。后知后觉的人又说那地方不干净，有邪气，从此我们再也不敢去。

去年夏天我回去，那座龟趺碑还孤零零地卧在广场的西南角，碑文漫漶脱落，连碑额的大字篆书也看不清了，可惜得很。二十多年了,如故人重逢,石龟双眼含泪,我早已离开这里,而它还待在原处。

同时建成的还有一个配套的露天电影院。几百平米的大院子,坐北朝南,用围墙圈起来,一百多排水泥凳子,用白漆喷着座号,可以容纳一千二百多人,南头矗立着一座高大的水泥银幕墙。一年夏天,母亲出差,晚上我和哥哥在露天场看电影,突然雷电交加,暴雨如注,观众一哄而散。我和哥哥被人流裹挟着,无处可逃,无助地哭喊求助。幸好被父亲同事发现,把我们送回家。父亲忙着和大家疏导观众,一切安定下来才猛然想起我们。他心急火燎地跑回家,看到我俩落汤鸡似的在门口站着,总算松了口气。打开门,屋里早灌满水,淹了脚脖子,鞋子杂物漂了一地。爷仨往外舀了半天水,实在人困马乏,就挤在床上,在水上凑合了一夜。

有段时间,哥哥在乡下跟爷爷奶奶生活,我由父母带着在城里。母亲上班,父亲放电影就带着我。放映室在二楼,两台庞大的固定放映机顶天立地,像变形金刚。房间里的味道很特别,混合着机器、胶片和胶水的味道。父亲在一边放电影,我踩着凳子,扒着放映孔看电影。电影机是个复杂的装置,一人操控一台,配合要默契,上本拷贝快放完时,另一台机器提前做好准备接上,慢了黑屏,快了重影,或者跳格,下边的观众就山呼海啸般的吹口哨,跺脚,起哄。遇见卖座电影,常常是一部片子两个放映点同天放映,顶多开演时间错开半个小时，中间就得有跑片员来回运送拷贝，常常是两个人，一个人骑着摩托车突突地在楼下等，一人抱着机枪弹夹似的拷贝盒子，脚不沾地，上楼下楼。然而人力操作，难免百密一疏，有时机器故障，或者胶片突然烧断，难免断档，影院会预备一些短片，多半是老电影，或者动画片，以防万一，在空档期顶上去。那时候放电影，不光是技术活，也是体力活。我一边看电影，一边替大人操心，一场电影看下来，手心都是汗。

三

八十年代，看电影还是件奢侈的事。虽然门票不过一两毛，后来涨到五毛一块两块，但毕竟资源有限，娱乐方式也极贫乏，能经常走进影院看电影的仍然是少数。我要幸运得多，守着电影院，随时可以享受这难得的精神食粮。《少林寺》上映时，万人空巷，一票难求，许多亲戚家朋友来找父亲走后门买票，我却记不清看了多少遍。

当然，看电影也有底线，涉及男女情爱的电影，父亲母亲是严厉禁止我去看的。即便如此，《红高粱》和《芙蓉镇》这些当年的禁片，我还是偷偷看了个大概。其实，这些电影我看不大懂，看《红高粱》搞不清电影里那个始终存在又始终不存在的叙事人"我"，电影里的巩俐到底是"九儿"，还是"我奶奶"，只记住了残阳如血，火红的高粱地里，刚刚还是男欢女爱、酣畅淋漓的野合，接下来就有一群老少爷们抱着一坛坛高粱酒，赤着脊梁，冲向日本鬼子的汽车。当然，我记住了那句粗鲁但过耳不忘的"妹妹你大胆地往前走哇！"。《芙蓉镇》更是乏味得很，"文革"、右派、富农、走资派，我概不懂，只隐隐觉得人心险恶，但只会在电影里发生，现实里不可能有那么坏的人，刘晓庆和姜文爱得你死我活，惊心动魄，我却看得昏昏欲睡。

小学四年级时，我曾带着班上的二十多个男生打着学雷锋义务打扫卫生的旗号，浩浩荡荡地去看了一场免费电影。事后我还缠着父亲给我们写了一封言过其实的表扬信，一次假公济私让我一举成名。

电影也不是万能的，欲知天下事，还得看电视、听收音机。家里没有电视机，只有一台父亲单位淘汰的扩音机，可以听广播。我习惯中午一边吃午饭，一边听袁阔成的《三国演义》。一日听到为躲避袁绍的追兵，关云长保护刘备逃至卧龙山下，探路的周仓大败而返，刘备欲带人上山巡查，忽然闪出一人，"刘备大叫一声，险些栽下马来！"正好奇，不料袁阔成一句"欲知此人为谁，且听下回分解"，心里顿时凉了半截，只得抹抹嘴，意犹未尽地上床午睡，半天心里都嘀咕。好不容易挨到第二天中午，听袁阔成说，只见山上闪出一匹白龙驹，马上端坐一员大将，银盔银甲、手握亮银枪。哦，这不是常山赵子龙嘛。

父亲母亲喜欢乒乓球排球，看不到比赛直播，就听比赛。一家四口一边吃晚饭，一边紧张地听宋世雄的解说，跟着球场观众的欢呼喝彩，想象着比赛画面。虽然看不到，也不耽误喊好球！好球！陈龙灿、江嘉良、郎平的名字就是那时候记住的，那个时代，这些人都是民族英雄。1987年世乒赛，江嘉良大战瓦尔德内尔，最后一局16∶20落后，眼看大势已去，屋里的气氛骤然紧张起来，父亲不忍再听，推开饭碗，黯然起身离开。谁也不说话，只听见宋世雄嘶哑的声音：江嘉良发球侧身抢攻，瓦尔德内尔接球下网，17∶20！18∶20！19∶20！20∶20！，最后竟然一直打到24∶22，江嘉良反败为胜。真是煎熬的一刻，那种惊心动魄无法形容。只闻其声，不见其形，只靠脑子来想象的比赛，又是如此荡气回肠的经典大战，此后我再也没有经历过。

四

我没上过一天幼儿园，每天父亲母亲上班，在门口给我搬个藤椅，一个小板凳，留几十道算术题，把我拴住。完成任务，我就拿粉笔在地上乱画，飞机大炮，武打动作，天马行空。父亲看我喜欢，就带我去找金师傅，一来给我找点事做，二来也不用担心我乱跑。

金师傅是电影院的美术师。他当时四十岁左右，身形消瘦，谢顶，目光清癯有神，一口金牙，说话中气足，十分响亮。金师傅没上过专业学校，全凭自学，电影院大大小小的海报招贴都出自他手。尤为可贵的是，他能画巨幅海报，悬挂在影院大楼外墙的那种。他画的《少林寺》海报我一直记得：李连杰虎目圆睁，面露杀气，招醉拳中的仙人敬酒，身体左倾，看似重心失势，实则半倾半斜，似倒非倒，以倒取势，劲力内蕴而令人生畏。背景是肃穆辽远的少林寺塔林，残阳如血，火光映天，预示着千年古刹的腥风血雨，真是精彩！这幅海报一挂就是好长时间，一度成为影院的招牌。

他的书法也很好，不仅会写各体美术字、横幅标语，还能写潇洒的大字，颜体的底子，陈天然那种骨气开张、笔墨饱满的大字。他把美工纸给我剪裁装订成一个个小本子送给我，很耐心地在白纸上画蛮匀称的竖格，让我拿回去用钢笔临摹《兰亭序》。至于画画，他没教过我什么，只是告诉我认真观察，脑子里怎么想的就画出来，不用考虑像不像，只要有趣就好。一年级时，我参加学校的画画比赛，画的是几辆虎视眈眈的坦克，冒着烟一字排开，头顶上几架战斗机盘旋。画完，我请他帮我取个名字，他很仔细地端详了半天，拿铅笔在坦克履带下面添了几笔，说，坦克很重，轧在路上是有印的，飞机坦克都有，就叫奔赴前线吧！后来真得了一等奖，不是我画得好，而是当少先队大队长的哥哥替我走后门。

他的画室在二楼，是一个狭长的大屋子，一张一米多宽三米多长的画案占去了大半，到处都是墨水、油彩、水粉、成摞的五颜六色的海报纸，墙角搁着一张钢丝床。每部电影上映，电影院都要提前到大街小巷贴几十张海报，写明片名、主演、开演时间地点和票价，如果是重点影片，还要作大型海报，挂在宣传车的两边，穿街走巷，广播宣传。写写画画的工作量是很大的，通宵达旦是常有的事，都由他一人完成。金师傅名气渐大，好多参加美术高考的孩子都投到他门下，一无学历二无头衔，这在当时也是很少见的。

后来金师傅突发脑溢血，不到五十岁就去世了。如果活到现在，他肯定早已成名。一想起他，我就想起《天龙八部》里的扫地僧。

五

北边邻屋住着两位老人，男主人姓黄，五十多岁，大人们叫他老黄。他的爱人我记不清姓什么了，当过小学老师，都很和善，一笑给人如沐春风的感觉。老黄原先在部队上，在天津，听说还是位团长，"文革"时打成右派，后来转业，安排到我们县文化馆。有一双儿女，都不在身边。他常穿一套呢子军装，有些褪色，但仍很周正整洁，走路常背着手，稳健挺拔。

老黄很会莳弄花草，闲时把平房前的空地翻了几遍，找些红砖，一字斜插，装饰成一个波浪似的大花坛，定期弄来豆饼，搅碎，洒进土里，再浇水。花坛里种的是月季、鸡冠花、朱顶红，最好的是菊花。零落黄花满地金，印象里的菊花都是黄色，老黄种植的菊花却很缤纷，绛紫、粉红、雪白、淡黄，样子也多样，卷瓣、平瓣、垂丝，根茎肥壮，花叶茂盛，灼灼有生气。真叫人开眼。菊花开得好，惹来路过的人驻足观看，晚上电影散场，总有人趁夜色把花朵掐掉，甚至连根拔起偷走。邻居们都很气愤，老黄倒不怎么生气，笑笑说，没事没事，花偷了可以再种。

他还在花池的边边角角撒上些芫荽、韭菜、蒜苗，招呼邻居们吃饭时薅一些下饭。角落里还有一丛薄荷，夏天泡茶喝，这个倒不常见。他让我喝过一回，入口清凉，带着麻味，和薄荷糖一样。他爱人做的薄荷炒鸡蛋我也尝过，但那种麻苦味太冲，我降不住。

可能在天津待久了，他的口音很特别，普通话夹杂着豫北的方言土话，说起来抑扬顿挫，让人想起私塾里摇头晃脑念书的先生。他常招呼我去家里玩，我也喜欢去，他那有很多宝贝，花花绿绿的小人书，《成语故事》《福尔摩斯探案集》，还有印着毛主席语录的《十万个为什么》都是在他那儿看的。平时家里只有父亲从单位拿回来的《大众电影》《电影故事》，我早就厌烦，老黄的宝贝为我开启了另一扇门。

后来，大概在我上小学二三年级的时候，有一天，老黄两口子突然匆匆搬走了，说是回天津探望病重的儿子。临走，他留下一纸箱子书，让父亲转交给我。

我再也没见过他们。

六

我经常捡一截胶片，就着灯光和阳光看，怎么也想不通，这些漂亮的人和风景究竟如何被印成胶片，这一格一格的胶片又是如何让人和风景重活起来。电影里的人和事难道是真实存在的吗？如果是真的，《凤凰琴》里的张英子老师，那个深情款款、浅笑倩兮、曾让我痴痴想念的美丽老师，在哪里；如果不是真的，电影里的人生冷暖，喜怒哀乐，生老病死却分明就发生在自己身边。

电影院，足以安放我少年的幸福时光，还有对未知人生的向往。电影的光影世界建构了我对世界和生活的认知和想象，在我看来，一切都如此美好。世界远没有那么复杂，好人就是好人，坏人就是坏人，好人永远胜过坏人。直到现在，我仍然无法容忍现实的阴暗，人心的险恶，世态的炎凉。看电影教我胡思乱想，喜欢曲折的故事，重文轻理，数学到高中只能勉强及格。汪曾祺说自己的几何代数是桐城派，我的数学更是野狐禅。

九十年代中后期，电影产业江河日下，电影院也难以为继了。2006年，父亲离开电影院去文物局工作，后来电影院大礼堂租给家具经销商，变成了家具商场，露天电影院也拆掉，开发成商住楼。原来的老部下老同事都风流云散，只有几个年纪大的同志还在坚持，重操旧业，两个人一组，骑着电动车带着设备下乡，靠国家电影下乡的补贴勉强维持，一切又回到原点。父亲眼看着自己辛苦打拼了三十年的事业就这样崩塌，心有不甘，可又无可奈何。我不知道父亲内心到底是什么滋味，他不愿再去电影院，即使偶尔路过，也只是站在路边看看而已。父亲是个随遇而安的人，文化水平不高，放了半辈子电影，但很少真正安安静静坐下来，看场电影。他只是把养家糊口，尽自己所能照顾家里作为自己的责任，至于工作，只是一个单位名称而已。从电影院调离之后，有两年多的时间，他的工作关系一直办不好，这段时间他没有任何收入，全家的生活全靠母亲一个人的工资。当时他很颓唐，须发皆白，一个中年男人在体制强大的规训力面前，实在太渺小了。

多年以后，我无意间看了意大利电影《天堂电影院》。舒缓的叙事节奏，略显压抑的格调，一个懵懂少年多多的成长轨迹，以及他和一位老电影师的故事。多多陪着老朋友埃弗特放电影，一老一少开着玩笑，互相扶持；影院失火，多多冒险从火海里救出埃弗特；多多后来回到家乡，他已经是一名出色的电影导演。电影与一个孩子的童年、记忆、爱情和故乡纠缠在一起，我热泪盈眶，我看到了曾经的我，还有父亲，还有那个带给我无限欢乐的电影院。电影，足以影响一个孩子的一生，塑造你的思维方式，搭建你的梦想，甚至终其一生，都活在亦真亦幻的光影世界里。人生何尝不是一部电影，有些东西早已被写进剧本，不论你是谁，在电影里，你的命运轨迹永远不可能溢出短短的几十分钟，你的生活被抽离，剪辑，按照导演的意图，重新编排，只是故事的一个角色。人生何尝不是

放电影的父亲，杨景志（1948—2020）

一场电影，有时又充满未知的悬念，你不知道等待你的是开满鲜花的坦途，还是荆棘丛生的险境。正像老电影师埃弗特摸着多多的头，告诉他："生活和电影不同，生活，难多了。"

电影拍摄与放映现在已数字化，不用放映员全程操控，放映厅也不再是从前那种上千人的大礼堂，换成一个个小放映厅，电影院又红火起来。父亲怎么也不肯去看，在他眼里，电影也是有感情的，没有了人的操控，就是冷冰冰的机器，现在的电影都不叫电影，和影碟机差不多。有次我问父亲，电影院仓库里堆成小山的饼干盒拷贝还在不在，那些放映机还在不在，父亲眉头一紧，脸上露出哀戚的神色，不知道，可能早都卖废品了吧。前年，父亲生病住院，为了分散他的注意力，我说服他，终于带他走进华丽的电影院，一起看了场电影，陈凯歌的《道士下山》。父亲看完说，太假了，不真实，还是《少林寺》好。

1995年，从电影院搬走时，母亲带回来几盆花，后来都死掉了，只有一株棕树活下来。母亲把它移栽到卧室的窗下，后来院子翻修改造，把它又移到东北角楼梯下。刚带过来时，它只有一尺多高，水土得势，年年拔节开花，如今树干已有电线杆粗细，枝叶叠加分叉，已经长到四米多高，几乎贴着二楼的屋檐。算来这株棕树也有近三十岁了，这也是电影院和我们唯一有联系的东西了。夜里风雨时来,枝叶摩挲,沙沙作响,有时感觉像是从时光的深处传来,深邃,苍凉。

2017.09.17

云姨

前天中午午睡，朦胧间梦见了云姨，梦见她和父亲在一起说话。醒来什么也记不起来，但她的声色形貌很清晰，真真切切，像刚打过照面。我很奇怪，怎么忽然梦见她，毕竟有好多年没见过了。

晚上，和母亲一起散步，我问起云姨："她还在不在，多大年龄了？"

母亲停顿了一下，说："她去年自杀了。"

我心里一咯噔。

母亲说，"她死的时候七十多吧。"

云姨是父亲在电影院时的老同事。她那时四十多岁，乌黑干练的齐耳鬈发，一身雪白的工作服纤尘不染，两只胳膊上套着一对蓝色的罩袖。她早先在县怀剧团唱过戏，人高马大，英气逼人，嗓子很亮，有时候会在大喇叭里客串一下影院的售票广告。电影开演后，大家收拾完地上的碎票根，就在大厅里打羽毛球，她打出来的球又高又快又远，连男的都跟跟跄跄，接不稳。

八十年代的电影院很热闹，片子新，观众多，效益也好。每年春节，从初二开始一直到元宵节都是旺季。正月十五十六那两天还有通宵夜场，夜夜满场。有一年正月十五，晚上七点，正是上人的时候，人流汹涌，台阶上下黑压压都是人。影院三个检票口同时开放，观众还是挤扛不动。几个小青年在中间吹着口哨起哄，使劲往前涌，想趁乱混进去。检票口眼看要失守。云姨拽过喇叭，一捋罩袖，跨上椅子，吼道："挤啥挤！早一分晚一分能咋样？都排好队，一个一个来！"气出丹田，如响雷不可遏抑，人群一惊，如电影快进时突地定格。喝罢，她跳将下来，拨拉开人流，把那几个小混混揪出来，推到一边，骂道："你们票哪？有票没有！没票滚蛋！"那几个家伙被震住，不敢吱声，悻悻然溜掉了。人群也平静下来。

云姨要强，心直口快，说话占地方。父亲当时任影院经理，每次召集开会讨论事情，提反对意见的总有她。有一年，父亲因影院经济效益突出，局里特批涨一级工资。当时职工涨工资要开全体会通报，并作会议记录存入个人档案。大家都表示同意，唯独她最后不冷不热地说："大家说的我都没意见，但是领导辛苦，下边的职工也辛苦，领导涨工资，职工为啥不能涨？"主持会议的局领导叫呛得接不上话。

九十年代末，父亲调动工作，我们一家从影院搬走，大家就很少见面了。后来电影院渐渐不景气，最终难逃关门转制的命运，父亲的老同事们也就风流云散了。

我后来上大学放假回家，在街上碰见她几回，她还是一身干干净净，精神很健朗。每次都拉住我寒暄半天，"你都长这么大，快认不出来了，问你爸妈好！"后来，云姨从电影院退休没几年，中风，左半边身子动不了。云姨老伴很敬业，每日骑三轮车，放个小板凳拉她上街。齐眉在旁，病痛也算不得什么，云姨脸上总结着花儿一样的笑。老伴兢兢业业伺候了她几年，前年突发心脏病，先她走了。他俩有个儿子，早年接了云姨的班，但影院经济效益江河日下，工资发不下来，也就聊胜于无。儿子成了家，也有一家老小要操持，就给她雇了个保姆，白天照顾她，但晚上还得自理。

母亲说："有回我路过她家门口，见她一个人在路边坐着，头发全白了，人不邋遢，双手拄拐，走不成路。她使劲拉我的手不放，一直跟我说，你哥走了啊，没人管我了！咋办哩？咋办哩？"

"我很难受，没法，陪她坐了一会儿。回来我还和你爸商量去看看她。"

"去年春天，过完年三月吧，天还很冷，她夜里自己摸黑走到石桥口的水沟，跳进去，自杀了。第二天才被发现，她整个人头朝下栽在黑淤泥里。唉，人呀，这一辈都是瞎活。"

我听罢，从脚底涌起一股凉气，梗在嗓子眼，说不出话。

我知道那条水沟，很久之前是条灌溉渠，宽不过两米，据说老城初建时就有。这条渠自东引沁水迤逦而来，横穿半个县城，给县城系上一条白玉腰带，到塔寺打个结，注入寺内的深潭。我上高中那会儿，水渠两岸杂花生树，因为是活水，水里还有小鱼小虾，生气勃勃，泛着粼粼的光。后来沿渠两岸住家户多了，房子径直修到渠沿上，不少地方被水泥板盖上，秽物一并排入，白玉腰带沦为欲盖弥彰的臭水沟。

云姨家在塔寺西边，背靠沧桑幽深的千年古塔，宅子虽旧，但很有些古韵。从她家出门，沿县东街往南走一里到十字路口，折向东，顺塔寺前街再走一里多，才到东关石桥口的水沟，这段路不短，正常人步行也得十几分钟。她一个半身不遂离不开拐杖的人，在月黑风高的寒夜，是怎么踽踽独行，一步一步挨到那的？

2020.08.20

小四哥

每年除夕，父亲带我们回去上坟，都是大姑在家支应一切。

老院子自爷爷奶奶走后便荒废多年，堂屋和厢房坍塌，仅存一大间街房。院子里荒烟蔓草，无处下脚。我们到家时，大姑领着小四哥早已收拾停当，荒草和落叶一把火烧掉，尽管年复一年，烧了又长，长了又烧，但过年的时候总是干净利落。斑驳的院门上贴着殷红的春联和花脸门神，仿佛过年穿了新衣的孩子，眉眼含笑，焕然一新。

小四哥拎着扫帚，扛着铁锹，跟在大姑身后，见了我们，咧嘴一笑，指指村西头的家，让我们先回去，自己检查一遍，锁好门才走。小四哥是大姑的老小儿子，大姑和姑父生养了四个儿子，尽管姑父在县农技站有退休工资，还有几亩土地，但要养活四个男娃，何其难哉！小四哥长到两岁多才发现不会说话，是天生聋哑还是后天病变，大姑和姑父也不清楚。于是，小四哥一直跟着大姑和姑父生活。小四哥属牛，除了力气，一无所有，什么活儿都干过，什么苦都吃过，真正像一头倔强的牛犊子。

小姑当年在村小学教书，让他坐在教室的后头跟着上课。他无法交流，不合群，坚持了两三个月，放弃了。他整日闷在家里，双眼低垂，落寞且忧伤。有时候蹲在墙根儿，捧着一本没皮没毛的书很投入地看。大姑笑他："也不知道认几个字，怪认真！"

老院和大姑家过年的对联都是我写的。大姑不识字，打好了浆糊，都由小四哥来贴。他不仅贴得整齐平整，而且知道是从右往左贴，他是很认得几个字的。有一年，大姑家楼上楼下，贴的对联有新有旧，颜色深浅不一。原来这是前几年没贴完的，小四哥存着，舍不得扔，这时候全用上了。他指着对联上的字，拍拍我的肩膀，竖起大拇指，嘴里乌拉乌拉说着，眼里放着光。

父亲自己不抽烟，但见面时总会塞给他两盒烟。他红着脸，推几下，接过来，小心翼翼塞进上衣口袋里，系好扣子。父亲用两根手指比画着抽烟的姿势，又对他摆手："没事少抽两根。"他就很用力地点点头。如果时间尚早，我们就在大姑的院子里坐一会儿。姑父叫小四哥搬来小方桌，摆几个碟子，盛一点肉丸，带皮的花生，红薯丸子和凉调的莲菜，喝几盅。他只是远远地蹲在边上看。父亲招呼他也坐过来，他这才腼腆地凑过来坐下。他不胜酒力，两盅酒下肚，脸就红了，眼皮耷拉下来。大姑说，"不敢让他喝了，一喝多就闹事，自己关在屋里，大哭大叫，乱扔东西，谁都进不去。"一边说着，一边抹眼泪。小四哥好像能听懂，低下头，把头深深埋在双腿之间。大家一时无话，很安静。冬日薄暮的余晖落下来，像无声的叹息。

走的时候，大姑招呼小四哥，把提前备好的一袋白面、一袋红薯丸子和花生让我们带走。我和哥要去搬，他摆摆手，轻轻推开我俩，左拎右扛，给我们放到车上。这些成了每年除夕必备的仪式，那三样东西也从没换过样。

车走了很远，大姑和小四哥还一直站在村头，望着我们。父亲把胳膊伸出窗外，用力挥挥手，眼圈红红的。

父亲常对我们说，"小四命苦，能顺顺利利娶个媳妇，你大姑就放心了。"每次回去，我都觉得小四哥老得快，风霜满面。后来脸上和头上生癣，白一块黑一块，皱纹又多又深。他开始戴帽子，见人显得越发局促，把帽檐不停地往下拽。

2002年，小四哥在三十岁的时候，幸运地娶到了临县孟州的一位姑娘，圆脸庞，眼睛黑而亮，也是聋哑人。第二年，两口子生得一个男孩儿，因在孟州出生，姥姥姥爷给孩子取名杨孟顺，一家人简单质朴的愿望，一望即知。孩子生下来，就让姥姥姥爷抱走抚养。每到周末，姥姥姥爷会把小孟顺抱过来，在大姑家待一天。孟顺姥爷是小学老师，难得的文化人，孟顺一直跟着姥姥姥爷上学生活。

大姑在世的时候，曾私下告诉小姑，她和姑父给小四哥攒有一点钱，等孟顺考上大学，给孩子交学费。小姑开玩笑说，"你又不识字，记不得密码，咋取出来？"大姑说，"我不会，孟顺会。"八年前，大姑患胰腺癌去世了。两年后，姑父也因直肠癌过世。大姑和姑父攒的那点钱，都用到了看病上，留给小四哥的，除了孤零零的老宅，别无长物。小四哥两口子曾一起去邻村的淀粉厂上班，后来厂子倒闭，只能留在村里继续种地过活。老人们走动少了，小一辈更不容易见面，这几年，我没怎么见过小四哥。

前天一早，我正在办公室，哥发给我一张照片。照片上有五个人，最右边我认出是小四哥，戴着帽子，一脸的风霜，有些木讷。居中是一个高高瘦瘦的隽秀少年，戴着眼镜，文质彬彬，目光透着坚毅。少年左手边是小四嫂子，她骄傲地挽着少年的胳膊，脸上洋溢着苦尽甘来的满足，还有一点羞怯。哥告诉我，孟顺今年高考677分，考上了华中科技大学电子信息专业。

我百感交集，立在窗前。天空高远，阳光灿烂，眼前又浮现出暮色苍茫中，大姑和小四哥站在村头迎送我们的身影。我心里一阵发紧，眼角湿润。再多的苦痛，在旁人眼中都不过是云淡风轻的故事。很难想象，小四哥夫妇这么多年是怎么走过来的，一个孩子面对一双聋哑父母，在无法正常交流的岁月里又是如何扛过来的。小四哥是不幸的,终日挣扎在命如草芥的人生苦海中,浮浮沉沉;他又是幸运的,自己的孩子用勤奋改变了自己的命运,把未来牢牢抓在自己手里。寒门学子的艰难,背后的辛酸,绝非普通人可以想象。

今年四月,父亲也走了。他这个当舅舅的地下有知,一定很欣慰。

2020.09.27

写字

我会写字,但要说写得好,还差得远。

字能养人。那些真正的书法家,在墨水里熏染久了,眉宇之间都氤氲着一种笔墨风味,冲淡而蕴藉。心浮气躁之时不宜写字,即使笔落惊风雨,写出来的,也是风雨满枝花满地,把写字当成彻头彻尾的宣泄,不好。太气定神闲,也不好,四平八稳,笔笔到位,虽然没有破绽,但又少了一点点精神和灵气。最好的时候,是某日因某人某事某情触发创造的冲动,机缘来时,按捺不住,提笔濡墨的瞬间,心底涌起一层波澜,心之所发,运之为字,才能在宣纸上留下笔墨风烟。

字如其人,不是说面相,而是指性格气质。从字上,总能看出执笔人的一点蛛丝马迹。谨小慎微之人,精点划,长处在于细节的经营,内敛,含蓄但拘谨,写不出骨气开张舍我其谁的气势。平日张扬,锋芒毕露之人,多喜大开大阖,攘臂而鼓噪,决计写不出温润平淡、即之也温的亲切感。早些年，理发店、小吃店的招牌大多还是手写，但多非名家手笔，简单一点的，红油漆白板子，粗粝稚拙；讲究一点的，金粉黑底，周正大方。字的美丑不论，招牌背后商家的苦心，乃至饭菜服务的质量，还是能看出一点端倪。

当然，虽说字如其人，但字有千面，人也有千面。人品有高下，功夫有深浅，不可能美善咸尽。字好不代表人好，宋四家之一的蔡京便因人品差，尽管其书法在当时无出其右者，还是被夺去宋四家的名号。董其昌开创了有明以来冷淡飘逸的一代书风，但据说其骄奢淫逸，鱼肉乡里，很为百姓愤恨。现实生活中也是如此，知人知面不知心，更何况看字。因此，到底是要求人书俱好的完美主义，还是不因人废字，就事论事，这是个问题。

我练字以行书入手。先周慧珺，后王铎傅山，后者下的功夫最多。但顾此失彼，周的瘦硬，王的古意，傅的疏狂，都只得一点皮毛。所以根底不牢，如小时候学走路，一步三晃，初看也很妩媚喜人，但流丽有余，而厚重不足，不耐细看。王铎和傅山，一个是河南孟津人，在怀庆府一带活动，留下不少墨迹；一个是山西太原人，离老家都不远，有着地理上的亲近感。一个做了贰臣，一个反清复明，不与清廷合作。二人书风相似，又各有独到处，心机重，城府深，苦痛多，长篇大字墨沈淋漓，看似蓬头垢面，实则背后笔力千钧。有人根据傅山"宁拙毋巧，宁丑毋媚"的主张，把他尊为"丑书"之祖，我不能同意。傅山的风神潇洒，岂是那些故弄玄虚的江湖书法可以相提并论。不过，傅山的特立独行博学多才，给了后世小说家演绎创作的灵感。梁羽生笔下的七剑之首傅青主，经纶满腹，通医术，精武学，是无极派一代宗师，会无极剑法、飞云袖底剑、铁指禅、铁布衫、流云飞袖……让少年时代的我心驰神往。其实，他最有名也最靠得住的，还是书法。

小时候在电影院家属院住，看着电影长大，写字，纯属兴趣。觉得电影海报上的字好看，便拿毛笔蘸水在门口的水泥地上学着写，在学校发的米字格里煞有介事地描红、临摹。母亲见我喜欢，就带我去见老师董伯。初秋，夜凉如水。第一次见到门口打盹的石狮子，需仰视才能看得清的门

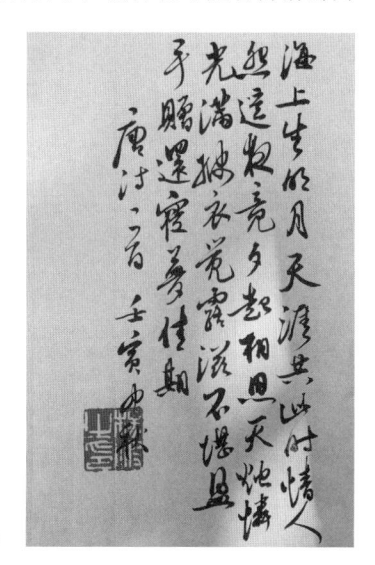

录张九龄《望月怀远》

楣，都有令人景仰的古味。我的心是忐忑的。母亲拉我绕过影壁，钻过月亮门，似乎走了好长一段才穿过整个院子。我怯怯地递上平时临写的大字，他微笑着接过来，认真翻看一遍，拿红笔圈了几个圈，很好，一定要坚持写。在他书房，我头一次见到叠床架屋的书，一眼望不到边。临走，他送我几本字帖：《麻姑仙坛记》《神策军碑》《多宝塔》，交代我，先好好读，不要急着写。但小时候能坐得住已经很不容易，楷书要求细节，一笔一划一撇一捺，不能半点马虎。我感觉太束缚，不如行草，随意挥洒。没学会走便跑，自然要吃亏。

他的字脱胎魏碑，兼有康有为的笔意，顾长，又神采奕奕，走的是高古质朴的路子。董伯出身世家，曾祖父官至清大名府总兵，《清史稿》有传。"文革"时，他烧掉整袋整袋的线装书和日记，还有一道家传圣旨。每次与我谈起这些，总难掩苦痛，目光灼灼，有光溢出。他年轻时在柏香镇小学教过书，教室是一座废弃的祠堂，四面的土墙上镶着一圈古碑，这古碑正是王铎赫赫有名的《柏香帖》。斯文道丧，以至于此。好在后来，这宝贝终于在他的呼吁下，被移到县博物馆保存起来。

董伯文章很好，在《人民文学》发表过中篇小说。会治印，曾为我刻过一枚名章，还有一枚闲章："高山流水"。他写旧体诗，也写新诗。他的旧体诗非常见的老年人夕阳体，格高，境远，多人生自况，悲凉，悲凉中含着寂寞。是真正的诗。如这首《杂感》：

岁华锦瑟岂重弹，云路千程去不还。
憧憬一生心志怠，殷勤几载梦魂残。
岂能止水推流水，未必层波卷旧澜。
尘劫已随春永逝，道心浩渺小舟寒。

读罢，心有戚戚焉，寂寞常惊世事辛的孤愁，令人动容。他教我学作旧体格律诗，告诫我功夫在字外，除了读书，写字也要尽量写自己的东西。可惜我听不进去，至今对平仄一知半解，更别说作诗。

过去，写字是脸面，是工具，在生活和工作中都很重要。初中时，老师常布置课文回家背诵，然后家长签字：已背会。同学偷懒的就让我代劳，装模作样地写上已背会，签上家长的名字。很快，慕名求字的渐多，我感觉好极了，来者不拒。很快，被班主任老师识破，她当着全班同学宣布：既然你这么爱当家长，那就给你机会，以后放学你最后回家，负责检查同学背诵。我终于搬石头砸了自己的脚。

上大学，我负责写学生会的宣传海报，读研究生，又负责写答辩海报。答辩前一天找张红纸，写上题目导师时间地点，贴在外头。有时还在答辩会场的黑板上写空心字：用抹布蘸水写，再用粉笔勾描，勾勒出毛笔出锋的效果，外实中空，所以叫空心字。写了三年，留下不少张贴一日即撕掉的墨宝。现在进入电脑时代，不光海报，日常的论文、总结、作业统统交给计算机打印机代劳，魏碑、宋体、楷书、仿宋各种字体应有尽有，于是，写字没了用武之地。

女儿二年级时，学校开了书法课，每周喜滋滋地带着毛笔去上课。但一个学期下来，只是描红，描红，连基本的点横撇捺也写不好，我很失望。足见老师并没有用心教，孩子也没有意识到写字的重要性。现在国家提倡复兴传统文化，正当时。我觉得写字是最好的路径，书法先繁体字，继而古文，继而古文背后博大精深的文化，这都是一脉相承的东西。

其实不只是孩子没时间，现在我也很少写字，每年春节写春联，几乎是硕果仅存的一种仪式。现在会写字、想写字的人，越来越少了。

2018.06.30

祝枝山的便条

时近中秋，正是蟹肥橘黄时，月明星稀，远远一轮圆月，像极了月饼里那丸诱人的蛋黄。小时候之所以期盼过年过节，最欢喜的就是有好东西吃，尽管那时中秋节的五仁月饼硬得跟石头似的。

> 登高落帽，皆为风师雨伯阻之。虽病齿少饮，安能郁郁独抱膝坐屋子下对淋淫乎？驮蹄已熟，请午前来，呼卢浮白共销之也。一笑，允明顿首，文贵兄足下。

夜静秋深，偶然从手机上听到这封《祝允明致文贵札》，人一下子被抓住了。黑暗中，江南的琴箫声声低吟，婉转缠绵，曹雷（曹聚仁先生的女儿）的朗诵字字清切，就在耳边，真是天造地设，熨帖，潇洒，极动人。顿时心峰月光朗照，悠然神往，那声音仿佛来自深邃的往古。原来，书法还可以听。如秋日黄昏，小雨如织，微风徐来，不时掀起雨帘一角。独坐屋檐下，看瓦楞一线断续不绝，滴滴答答，沁人的潮湿自心底升起。

这封信札其实只是一张草书便条，长23厘米，宽43厘米，比一张A4纸大不了多少。草书最见性情，看似随意挥洒，但背后的法度非常人可以驾驭，确实需有一点天赋异禀。祝允明，字希哲，江苏吴县人。据说其长相奇特，右手有枝生手指，故自号枝山。奇人往往天生异相，信然。祝允明的草书冠绝当时，为吴门第一，与徐祯卿的诗、沈周的画并称"国朝三绝"。与他的草书名作《箜篌引》《太湖诗卷》等相比，这个便条写得很随意，笔力也稍弱。正文一笔写成，运笔迅疾，多枯笔，老树虬枝，牵丝缠绕，直到落款处才又蘸墨，笔迹略重。没有正襟危坐的创作范儿，烂漫，散淡，透着几分慵懒。连绵不绝的牵丝连笔映带全篇，不禁让人想起正在火上煨炖的驼蹄袅着的缕缕香气，思之流涎。

吴门文人，都住苏州城里，彼此相距不远，最多隔几条弄堂，这边开始温酒做下酒菜，差人跑个腿，送个请酒饭的信札条子。那边朋友接到邀请，换件衣服，只管悠悠嗒嗒过来，酒尚温，菜正热，火候拿捏得正好。关羽温酒斩华雄，潇洒固然潇洒，但太多腥风血雨和权谋机心。吴门文人的朋友圈饭局，没那么多道道，都是家长里短，或一起欣赏字画，或来试试新茶，或偶得佳句，请为点评一二，和街坊邻居互相串门差不多。祝枝山这张便条共9

行59个字，言简意赅：文贵兄好，允明有礼了。快到重阳节了，风大雨急，若是这时候登高望远，恐怕湿了衣帽，不方便。我最近牙齿也不好，整日一个人闷在家中闲着看雨，太无聊了！这样的日子也不宜出门，锅里正炖着上好的驼蹄，请你晌午前过来，咱俩小酌几杯，如何？不似李白"五花马，千金裘，呼儿将出换美酒，与尔同销万古愁"的豪气干云，乃与"晚来天欲雪，能饮一杯无"的白居易心有灵犀。身在朝野之人，未必都有庙堂之志，心忧天下太累，不如啃驼蹄喝美酒更自在。

中国人擅吃，飞禽走兽之蹄脚皆为菜单中精华：鸡爪、熊掌、猪手、鹅掌、羊蹄等。驼蹄，也就是骆驼的蹄子，不常见，《水浒传》里把它与熊掌并列为皇家珍馐。做法大概与猪手羊蹄等蹄膀之类相去不远，袁枚对此颇有研究，曾在《随园食单》中列出"猪蹄四法"：先清炖，去汤，好酒半斤，清酱酒杯半，陈皮一钱，红枣四五个，文火煨烂。其肉香嫩，又号"神仙肉"。驼蹄必又胜神仙肉一筹。最早提到驼蹄的是杜甫那首著名的《自京赴奉先县咏怀五百字》，"朱门酒肉臭，路有冻死骨"的名句大家都知道，但前两句恐怕知道的人不多："煖客貂鼠裘，悲管逐清瑟。劝客驼蹄羹，霜橙压香橘。"在诗圣眼中，驼蹄羹，似乎又比驼蹄更高级一些，是权贵穷奢极欲的标志，严重脱离群众，应被唾弃。另有一说，驼蹄是旧时重阳节江南的一种糕饼点心，形似骆驼蹄子，故而得名。有学者主张那天祝允明请客做的正是这种点心，我不同意。若只是司空见惯的点心，祝允明恐怕不至于一大早就写信邀好友来品尝。此帖曾由吴湖帆先生收藏，卷首与卷尾铃有"吴湖帆潘静淑珍藏印""吴湖帆珍藏印"，卷尾还有吴先生的小楷题鉴：

> 秉笔疾书招良朋来，浮白大嚼，岂非快事？宜有此佳帖，长留天地间，五百年后供人想象枝翁风趣。

吴先生也羡慕祝枝山与文贵两人可以"浮白大嚼"，只有糊而不腻的骆驼蹄子可堪大嚼，若只是点心配酒，怎能教人尽兴。

这张约酒饭的便条，意境文字俱佳，书法虽然不刻意经营，但也有"干裂秋风"之力道，可归于无意为佳乃佳的小品，和后来傅山的疏狂自在殊途同归。甚至比自号"江南第一风流才子"六如居士唐寅更畅快淋漓，唐寅的字走的还是妩媚端正的路子，与其放纵不羁的形象大相径庭。祝枝山一生蹭蹬科场，中举之后，连试不中，后来与儿子同时应考，最后儿子高中，老父仍旧不售，可谓脸面丢尽，终日沉沦酒色与博戏。人既不羁，书法更恣肆，如此看来，祝枝山才是真正的"表里如一"。

我没吃过驼蹄这种珍馐，但隔着字帖，依然可以想见那难得的美味。中秋夜，秋虫唧唧，朗月在天，遥想五百年前那个凄风苦雨的秋日，祝允明在家炖好了喷香的骆驼蹄子，温好酒，备好茶，静等好友上门，真是天下第一等美事。

哎，好羡慕这位文贵兄！

2018.09.30

黄庭坚：本是江湖寂寞人

黄庭坚（1045—1105），字鲁直，号山谷道人、涪翁，江西修水人。黄庭坚出身寒素，自幼靠舅舅李常接济照拂，后来李常官至户部尚书，岳父孙觉任右谏议大夫、给事中，都是朝中重臣，但没给他带来实质性的好处。黄一生仕途坎坷，初任叶县尉，元祐年间，先任校书郎兼《神宗实录》检讨官，后除秘书丞，兼国史编写官。绍圣年间，被贬涪州，后迁戎州。徽宗继位，一度看到命运回转的曙光，复官知太平州，无奈又遭旧敌赵挺之构陷，被免职，羁管宜州，直至去世。

苏轼长黄庭坚八岁，黄庭坚以师礼事之，二人亦师亦友，他们不仅在书法、文学上多有交集，人生态度、生命轨迹也出奇地一致。虽然黄为苏门四学士之一，但"苏黄"并称已充分肯定了黄庭坚的文学和艺术成就。黄庭坚推苏轼书法为天下第一，其实自己的书法亦不遑多让，苏黄曾互相打趣，苏轼说黄字是死蛇挂树，黄庭坚说苏字是石压蛤蟆，虽是笑谈，但也很形象地道出二人书风的差异。黄庭坚早年学苏，后来在西南僰道，乘舟观众人水中划桨悟得笔法，终自成一家，尤以骨势开张、大气磅礴的行草书名满天下。黄庭坚书名远播，众人趋之若鹜，他走到哪里，都随身携带一个大锦囊，里面装满求字的人送的好纸好墨，苏轼每见黄庭坚，都要打开搜刮一番，曾讹承晏墨半挺（五代南唐墨工李承晏所制之墨），弄得黄庭坚如同割肉："群儿贱家鸡，嗜野鹜"，最后还是忍痛割爱。

黄庭坚说苏轼极不爱惜笔墨，同在京城任职时，苏轼只要心情好，案上纸墨不论好坏，随意挥洒，来者不拒。黄庭坚也是自在随性之人，除非身体不适，心情不佳，不然对求书者大都也会尽力满足。如《致齐君尺牍》：

> 庭坚顿首。两辱垂顾，甚惠。放逐不齿，因废人事。不能丰（奉）诣，甚愧来辱之意。所须拙字，天凉意适，或能三二纸，门下生辄又取去。六十老人，五月挥汗，今实不能办此，想聪明可照察也。承晚凉遂行，千万珍爱。象江皆亲旧，但盛暑非近笔砚时，未能作书，见此为道此意。庭坚顿首，齐君足下。

这是一封谢绝求字的信札。此帖书于崇宁三年（1104年），也就是黄庭坚去世前一年，时黄在宜州，花甲之年老病缠身，盛暑酷热，何来心情与精力作书？尽管求书者两度来访，但还是婉拒之。字迹虽小，但笔法精到，章法也随意，长短参差，方寸之间难掩跌宕起伏的笔法变化。文字谦和恳切，苦心巽语诚心可鉴，想必求书者见之不忍再叨扰老人的清静。

《赠张大同卷跋尾》是黄庭坚后期精当之作。元符三年（1100年），外甥张大同离任返乡，临行前来求书留念。黄庭坚尽管身体不适，还是顾念亲情，勉力书之：

> 元符三年正月丁酉晦，甥雅州张大同治任将归，来乞书。适余有腹心之疾，是日小闲，试笔书此书。大同有意于古文，故以此遗之，时翁自黔南迁于僰道三年矣。寓舍在城南屠儿村侧，蓬藋柱宇，鼪鼯同径，然颇为诸少年以文章翰墨见强，尚有中州时举子习气未除耳。至于风日晴暖，策杖扶寒蹶，雍容林丘之下，清江白石之间，老子于诸公亦有一日之长。时翁之年五十六，病足不能拜，心腹中芥蒂，如怀瓦石，未知后日能复作如许字否？

题跋一般在正文后，交代写作缘起和时间地点等信息，黄庭坚此处的题跋不啻一篇小记，怀想自己从黔南辗转至僰道，三年多了，虽然茅屋村舍，粗茶淡饭，生活是清苦了些。但可喜的是，附近的少年文人多闻名来求教诗文书法，风轻日暖，山野林间，诗书唱和也是难得的乐事。然而聚少离多，如今侄儿将归，我也年老体弱，来日无多，不知道将来还能不能再写这样的大字。读来真有几分怅然。作品打破常规，将题跋当作正文来经营，字大如斗，笔笔用力，长枪大戟，雄奇傲岸的风格显露无遗。类似的还有著名的《经伏波神祠诗》帖，书于靖国元年（1101年），所写为唐代诗人刘禹锡的诗卷，题跋甚长：

> 师洙、济道与余儿夫妇有瓜葛，又尝分舟济，家弟嗣直，因来乞书。会予新病痈疡，不可多劳作。得墨沈，漫书数纸，臂指皆乏，都不成字。若持到淮南，见余故旧，可示之，何如元祐中黄鲁直书也？建中靖国元年乙亥，荆州沙尾水涨一丈，堤上泥深一尺，山谷老人病起，须发皆白。

儿子儿媳的好友来索字，当时连日大雨，荆州水涨，堤上泥深一尺，黄庭坚正害痈疡，还是尽力满足访客。写这样的大字是很费精力的，更何况这是一幅五米多长的长卷！诗人老矣，须发皆白，从病榻上辗转起来，提笔凝神，以老病之身写下这幅杰作。看得出来，黄庭坚对这幅字很满意，他让主人带回去让亲朋故旧看看，和元祐年间的字比比，有没有进步？黄庭坚的书法经历了早年学苏轼，后来尽学古人，自创一格的演变过程，元祐年间正是黄庭坚苦学思变的开端，而此时个人风格已形成，笔法抖擞外拓，夸张又擒纵自如，结字险绝又不失其正。半开玩笑的一句话透露出山谷老人对自己多年来纵然漂萍无定，仍不废书诣探寻的自得之情。

黄庭坚的一生，颠沛流离，几乎全在贬谪途中度过，朝廷旨下，亲友家人早已凄凄惶惶，黄则镇定自若，"投床大鼾，即日上道"。黄庭坚一路贬谪的过程，也是潜心书法，日益精进的过程。上文提到的《赠张大同卷跋尾》《经伏波神祠诗》都是其晚年杰作。不过，在我看来，最能代笔黄庭坚书法神韵的是《花气薰人帖》：

> 花气薰人欲破禅，心情其实过中年。
> 春来诗思何所似，八节滩头上水船。

这幅书迹是件小品，后无款印，根据成熟老辣的用笔推断，应该是黄庭坚晚年所作，与其所作《刘禹锡竹枝词》神似。据说，大画家驸马王诜与黄庭坚交善，曾多次来信，向黄索诗，黄一直未回复。春日某天，王诜遣人送来许多花，花气氤氲，香气四溢，竟扰得黄庭坚心神不宁，无法入定，于是他挥笔写下这首诗，一了诗债。黄庭坚草书在宋四家中成就最高，走的是张旭、怀素的路子，融合颜真卿和杨凝式的笔意，形成自己沉潜内敛、风神洒脱的风格。这件小品虽是草书，下笔并不快，没有常见的字字相连，但彼此笔断意在，互相呼应。笔墨由浓渐淡，由润渐涩，直至最后略呈枯笔，瘦长的中字为临界点，前者凝重、舒缓，后者跳脱、爽利，中字最后一竖如悬针，又像笔尖，如满室花香中诗人心旌动摇，禅心难以自持。字数不多，五行二十八字，却有节奏的变化，墨色的层次感，没有黄庭坚作品惯常的厚重和磅礴，却呈现出难得的轻松、烂漫和自在，真是诗、书和禅意俱佳的杰作。"似僧有发，似俗无尘"是他理想人格的自照，诗句简洁平淡，不似黄诗常见的生新瘦硬，倒像是和友人发牢骚：春暖日长，我本想在家参禅坐定，你却送来这满屋子的花，花太香了，让我静不下来。我现在的心境早过了好名骛利的中年，你总催我写诗，不是我不想写，是因为我现在就像一只小船，在八节滩头的逆流中颠簸沉浮，实在写不出啊！

书法和诗歌，都是需要天分的，后天的勤奋固然可以提高技艺，但这种艺术的创造有时更得益于妙手偶得之的神来之笔。"桃李春风一杯酒，江湖夜雨十年灯"；"落木千山天远大，澄江一道月分明"……这些诗句是何等的精彩，心峰悬月的澄澈，萧然物外的孤怀，令人叹惋和神往。字如其人，要有岁月的沉淀、心性的磨砺以及对人生世界的体认，书法是不可重复的艺术，如此元气淋漓的书法，堪称神品，如人不可能两次踏进同一条河流之中一样，一生中只有一次。看着眼前飞动的线条，冥心会神，能体会到书法家内心的悸动与笔下的波澜。这样的字是有温度的，历经千年，仍能感到灼灼的生气。这种出神入化的笔法，除了与生俱来的天赋和后天的临池苦练还不够，还缺一点东西，一点水到渠成的机缘，类似于醍醐灌顶似的悟道，禅宗的棒喝，用黄庭坚自己的说法，就是"得江山之助"。仓颉造字，天雨粟，鬼夜哭。写字自诞生之日起，便具有某种不可言说的神性。书法，自然需要冥心独往式地临池苦练，而笔法的灵动，更要在山川风物中细细体察，如雷简夫听江涛之声笔法进，文同见两蛇相斗草书长，如此才有可能龙蛇入笔。

黄庭坚对苏轼书法服膺终生，尤其推崇其出于绳墨之外，终与之合的境界，推其为当朝第一。后来自己书法大进，也曾流露出"与无佛处称尊"的自得，又有"鳌山悟道"的自喜，但黄庭坚后来在荆州承天寺见到苏轼《所和陶令诗》之后，感叹苏轼的诗文书法终究在自己之上：

> 观十年前书，似非我笔墨尔。年衰病侵，百事不进，唯觉书字倍倍增胜。复与范君处见东坡惠州《所和陶令诗》一卷，诗与文皆奔轶绝尘，不可追及，又怅然自失也。

当时，苏轼已在常州去世，这里黄庭坚流露出的，不是既生瑜何生亮的遗憾，而是千古悠悠两知音的惺惺相惜。

1101年，黄庭坚结束蜀地的贬谪生活，暂居荆州，应承天寺住持智珠之请，作《江陵府承天禅院塔记》。摹刻上石时，在场的荆州转运判官陈举，希望将他的名字添在末尾。黄庭坚与苏轼一样，有着与生俱来的叛逆精神，对于同声相应同气相求的朋友，有求必应，反之则不可。苏轼当年贬谪惠州时，苏州僧人卓契顺不辞辛苦，千里迢迢为苏轼苏辙两兄弟传递书信，苏轼很感激，欲答谢他，让他提要求。契顺说自己想效仿唐朝的蔡明远，蔡明远在颜真卿困顿江淮时，以钱粮周济，后来颜鲁公将其写进《蔡明远贴》，遂不朽。苏轼欣然应允，写下《书归去来词赠契顺》，成全了这个普通僧人青史留名的愿望。对陈举这种俗吏小人，黄庭坚自然不予理睬，就此埋下祸根。1102年，黄庭坚就任太平知州未果，陈举趁势向赵挺之诬告其"幸灾谤国"，黄庭坚遂遭除名，羁管宜州，直至病逝。陈举达成了报复构陷的目的，但终究没能列名寺院的功德碑，而被刻入历史的耻辱柱。

小人啊，得罪不起。

崇宁四年（1105年），六十一岁的黄庭坚在宜州寓所走到了生命尽头。陆游曾记述黄庭坚临终时的情景：

> 居一城楼上，亦极湫隘，秋暑方炽，几不可过。一

日忽小雨，鲁直饮薄醉，坐胡床，自栏楯间伸足出外受雨，顾谓范廖曰，信中，吾平生无此快也！未几而卒。（《老学庵笔记》）

  无所有而来，无所求而去。
  世间再无黄山谷。

2018.06.30

鬼故事

阿城说，1986年夏天，在大连，莫言给他讲过一个鬼故事。莫言有一次回老家山东高密，晚上进到村子，村前有个芦苇荡，于是卷起裤腿涉水过去。不料人一搅动，水中立起无数个小红孩儿，连说吵死了吵死了，莫言只好退回岸上，水里复归平静。但这水总是要过的，否则如何回家？家又近在眼前，于是再涉到水里，小红孩儿们则又从水中立起，连说吵死了吵死了！反复了几次，莫言只好在岸上蹲了一夜，天亮才涉水回家。（阿城《魂与魄与鬼及孔子》）

阿城说这是他听过的最好的一个鬼故事，好在洗净了童年的恐怖，重为天真。

我也觉得好，小红孩儿从水里钻出来，不吓人，而是天真烂漫。想起小时候，一到夏天，晚饭前后，门前不远的池塘里，赤条条的孩子们，一个个扑通扑通下饺子，比赛扎猛子，半天才这边一条，那边一条，鱼似的凫上水面来，嬉皮笑脸。大人们嘻嘻哈哈坐岸上看，"小鸡巴孩儿，真会耍！"

奶奶也讲过不少鬼故事，我都忘记了，只记得天一黑，她就不让我随便到街上，说外头有麻五（读 má wù，豫北方言，指鬼怪）抓小孩儿！麻五长什么样，谁也没见过。奶奶活到八十八岁，真正的米寿。最后的几年，已陷入老年痴呆，她常常独坐在院子里，晒着太阳，喃喃自语，念起许多已经过世的人的名字，爷爷、老姑、小叔。初时，父亲也有些怵，我更害怕，后来也就习惯了。人一老，许多事情都忘记了，但似乎又记起来许多事，这新记起来的事情赶走了她脑海里原有的东西，像大脑的库房被这一新一旧倒腾了个儿。只不过我们永远无法知晓她的世界。

爷爷奶奶这辈人，生前就备好了寿木，对鬼神是既敬之重之，又安之若素，看作生活的一部分，家人有个头疼脑热，首先想到的是找人看看。这人是阴阳先儿，不是医生。小学时，我有段时间心慌气闷，心率快，上楼也喘。医生说我是窦性心律不齐，没大问题。奶奶不放心，托人从老家请来一位先生，能看，会发功。先生五十上下，貌不惊人，眼神很深。他在院子里上上下下里里外外查看一番，一脸凝重，说我们这片房子所在的地界，原来是怀庆府官衙牢房所在，且近水，有不少冤死鬼，浊气重。他把奶奶叫到一旁，很郑重地给了几张符，小声交待好时间方位，到时烧了。然后和我相向而坐，让我放松，闭目运功，起身用手掌拍打我前胸后背，大概十分钟光景。他满头冒汗，很辛苦，我却懵懵懵懂懂，毫无感觉。先生有些尴尬，给奶奶说过几天会有效果。后来确实好了，不过那是到上初中以后的事了。

我属羊，农历十月生，恰逢小雪。命相上说，那时已天寒地冻，草木凋零，羊没了草料，自然命运多舛。十二岁生日那年，据说像我这样的冬月之羊命中有劫数，奶奶不知从哪儿得来的破解之法，给我包了一百二十个野菜饺子，尽管只有拇指大小，但足足一小锅！非要看着我吃完，把我撑得呀！

读初中之前，我们都在县城电影院的大杂院生活。新中国成立前的旧礼堂破败了，却不知何故只拆掉了大半边，留下带舞台的一部分。座椅横七竖八堆在一起，舞台是木地板，四处垂着殷红的大幕布，有某种神秘的仪式感。我们常在上面撒野，打仗，跳木马，扔沙包，咚咚咚，竟日不歇。舞台两边的耳房保存完好，堆放些宣传板等杂物。后来，父亲的一个同事占了西边的一间，扯了电灯，糊了窗户，搬进一架缝纫机，给女人做裁缝用。女人当年不过三十出头，风华正茂，又有一手裁缝手艺，干净，干练。工作室从早到晚，灯火通明，男男女女不断人。很快，他们家添了彩电冰箱洗衣机，八十年代初，拥有这些东西让人垂涎不已。很快，有人说女人有了相好，是某个经常来做衣裳的顾客，也有人说就是影院的职工，俩人私下就在礼堂见面，说得有鼻子有眼。不几日，那房间里每日除了缝纫机响，还有两人的争吵打闹。大概只两年的光景，女人突然害病，精神不正常，裁缝活儿做不下去了。男人脑溢血，病故，女人疯疯癫癫，镇日在街上闲逛，终于不知所终。事也凑巧，当时新的影院大楼破土动工，工地上施工突然掉下一个工人，摔死了，接着又挖出来一头龟趺碑。于是，种种不祥之兆联系起来，有人说剩下的半拉礼堂，面南背北，两面对称，其实是座庙，扰动了神灵。还有人说，这礼堂"文革"时候批斗，死过人，不干净，一时间人心惶惶，谈礼堂而色变。影院干脆找人把耳房用木条封死，我们再也不敢入内。从此，礼堂荒草萋萋，黄鼠狼成群结队，招摇过市，鬼气日甚。过了好些时，有人说夜里路过礼堂，还能听见踩缝纫机的突突声。他们的儿子与我年纪仿佛，前几年还在街上碰见过，骑着三轮，满头白发。听说在工地作油漆工，还没成家。

我再讲一个事，不是臆造，是真事。一年夏天，八月，夜晚，我独自在家。半夜，岳父突然敲门，我朦朦胧胧下楼，开门。忽地一阵冷风刺骨，我打了个激灵，门外竟然大雪漫天！岳父顶着满头雪花，推着一辆自行车，眼睛红红的，说了一句，你爷爷不在了。我大惊失色，大喊妻的名字，快下来，快下来！把自己喊醒了，才知是梦。盛夏酷暑，我大汗淋漓，冷汗。开灯，一看三点，再也睡不着，枯坐了一夜。妻那时正在美国。第二天一早，岳父打来电话，说老人不在了，就是昨天的事。我惊恐万状，说了奇怪的梦，岳父很认真地听完，说："估计你爷知道她离得远，让你告诉她。"我很是不安了一阵子，事后我和妻前思后想，这事看来蹊跷，也是有原因的。老人卧床多年，身体每下愈况，我们潜意识里已有准备。那晚的梦，恐怕更多的是巧合，还有心理暗示吧。

小时候怕听鬼故事，长大了想听鬼故事。纪晓岚的《阅微草堂笔记》满纸皆是鬼故事，但很有趣，即使偶有狰狞之厉鬼，也可怕得有趣。如有一人傍晚在山里避雨，进入一座废弃的祠堂，已先有一人在檐下坐着，近前一看，竟然是死去的叔叔。他吓得魂飞魄散，想要跑。叔叔拦住他，说："放心吧，我是你叔叔，怎会害你，因为有事，才在这里等你。我死之后，你叔母与你奶奶闹矛盾，虽然嘴上不说，但怀恨在心，常私下诅咒你奶奶。我自然是知道的，而且阴曹地府也有人记着账，如不知悔改，将来到了这边会吃尽苦头。"说完就消失了。侄儿回去转告叔母，叔母悚然变色，痛改前非，孝敬公婆。

还有一人，家里有房屋七间，自己住中间三间，东厢两间因妻殁无葬地，暂停柩其中。妹妹带着他的幼子住西厢二间。一天夜晚，他忽然听见孩子啼哭，好久仍不停歇，就从窗缝往外看。只见月明之下，一道黑烟蜿蜒从东厢门下飘出来，萦绕西厢窗下，久之不去。直到妹妹醒来点灯，安抚孩子睡觉，黑烟才冉冉敛入东厢。以后每逢月夜，孩子啼哭，都会看到同样的情景。他明白了，这是死去的妻子放心不下孩子。

你看，这些鬼故事并不骇人，姑婆和睦，亡妻念儿，反倒有家庭人伦的苦心，父母之心可悯，死尚不忘其子，人子敬爱父母，能如是乎？所谓人情冷暖，尽在箪食豆羹之间，就是如此。现在年纪渐长，不是不怕鬼，是不信鬼了。鬼故事，说到底还是人间事，世俗事，有了不平和委屈，正常途径无法表达，那就人话鬼说吧。

春节回家，听说一个老朋友初二在舅舅家喝酒，忽然中邪，喝着喝着涕泪交加，净说些胡话，精神错乱。家人掐人中，灌水，好不容易才回转过来，醒来什么也记不得。我也觉得邪门，将信将疑。后来同学聚餐，偶然与她见面吃饭，问起这事是真是假。她苦苦一笑，说："事是真的，人是假的。"原来，她与二舅家的表哥打小一起长大，表哥温良恭谦，二人感情甚笃，每年初二都会回去聚餐叙旧。然而，有年春节，大年初二一大早，二舅打电话说表哥忽然昏迷，赶紧让帮忙联系医生。这边没等她赶到，人已经不行了。表哥病殁，留下孤儿寡母，惹来其后二舅家一系列变故，她难以接受。那次的魔怔，也是睹物思人，借机发泄一下罢了。我于是释然。她端着一杯酒，细细端详，目光哀戚，幽幽地说，"哪有什么鬼神，都是人心。"

2019.03.16

恻隐之心

记忆
——耿占春

能不能借我一毛一?我想
喝碗汤。人群中的一个陌生人
轻声这样说。他看起来跟我
一样年轻,衣裳穿得比我还洁净

坐在油漆剥落的联排木椅上
我疲惫地摸着身旁的行李
抬头看看却没有回答,因为
跟他一样,在秽浊的空气中

在没有暖气的冬夜,在等晚点的
火车。可在他转过身去的瞬间,
分明看见他眼里的泪水,在昏暗的

灯光下，仍能看见寒意与伤害

记忆是一笔未能偿还的债务，
包含着不良的自我记录，尴尬与酸楚
那一时刻是上世纪七十年代末
在商丘火车站，春节刚过

如今，伙计，但愿你早已是个暴发户
即使你仍是一个背着包袱
南下打工的老头，我也想再次
遇见你，我们该与我们的贫穷和解

一毛一分钱和一个人的眼泪
一毛钱是一个人的窘迫，是另一个
人的内疚，我们是两个年轻人
而该死的岁月曾如此贬低了我们两个。

道德自省的力量驱使诗人在四十年之后将这个记忆的瞬间再次还原，我能理解他内心深处的隐痛、愧疚和失落。在那个遥远的七十年代，某个春节后，拥挤寒冷的火车站，一个穿戴干净的年轻人因为饥饿，忐忑不安地向"我"张口借钱。"我"本能地用沉默拒绝了他，尽管当时自己也无能为力。但是"我"似乎应该用善意的微笑和解释回应他，而不是冷眼。年轻人的自尊心受到伤害，他眼里的泪水，还有落荒而逃的身影，永远地印在了"我"的脑海里，成了一笔无法偿还的债。我相信，张口求助者本人早已忘记了这个尴尬的瞬间，但被求助者却因为有心无力对弱者造成的伤害，多年之后仍然心存愧疚，无法释怀。我相信很多人都有类似的经历，但是又有多少人会记起。

妻有次在郑州坐公交车。一个五十上下穿着周正的中年男人慌慌张张地登上车，浑身上下摸索了半天，没有零钱。在司机的催促下，他满头大汗，愈发狼狈，看见妻在对面坐着，问，"有一块钱吗？"妻看他不容易，就从包里翻出一块硬币给了他。"当啷"一声，中年男人解了围，心安理得地坐下了。直到妻到站下车，此人竟毫无反应，好像什么也没有发生。妻气不过，临下车前，对他大声斥责："你连句谢谢都不会说嘛！"他仍然面无表情，一言不发。

她在向我转述此事时依然难掩愤怒。我安慰她，"既然你帮他，就不要太在意回馈，很多人根本不知道什么是感谢，他们的脑子里只有自己没有别人，处处利用他人的善意，甚至不择手段，我相信公交车上所有看到这一幕的人都会鄙视他。""鄙视有用吗？他下次还会这样！"妻反问我，我无言以对。

一毛一分钱和一块钱，前者在七十年代，可以让一个年轻人吃饱饭；一块钱在如今能干什么，能买一瓶水或一支冰棍，能坐几站公交车。经济价值无需考量，人心之冷暖险恶，一望即知。一个因为自己确实无能为力，未能帮助别人而自责内疚；一个帮助了别人却被视为理所应当，善意被践踏，继而愤怒。

孟子说，人皆有不忍人之心，皆有怵惕恻隐之心，教导我们要与人为善。因为无恻隐之心，无羞恶之心，无辞让之心，无是非之心，皆非人也。可悲的是，恻隐之心常有，羞恶之心不常有。像那个心安理得的男人的人在生活中真的很多。我写过几个装修工人，开工前拍胸脯表诚心，感天动地，开工后千种借口软磨硬泡，收钱后虎头蛇尾溜之大吉。我和妻看他们干活不易，给他们买水、买冰棍、买烟、买外卖，尽可能提供额外的关照，他们当时也是满口感激，甚至某一刻眼圈泛红，但也不过是几分钟的事，事后翻脸不认人者，十之七八。更有甚者，编出父母去世的理由来搪塞推诿，眼里无父无母，还有什么可说的。倒不是他们本人多么面目可憎，而是利字当头，没有契约精神，所有的一切不过都是表演，这是他们的生存之术和处事方式。

当然，也有例外。去年整修阳台，请了一位泥瓦匠，小杨，二十出头。说好了2500，连工带料，先付500订金。小杨干活麻利，三天的活儿两天就完成了，结清工钱，握手告别。两天之后，小杨忽然找上门来，略显不安地塞给我500

块钱，说："这是定钱，你多给了。"我早把预付的定钱忘了。我很是唏嘘感叹了好几日，感觉欠了他很大一个人情。后来我和他成了熟人，有机会就给他介绍活儿。

孟子讲恻隐之心时举了个例子，说有人看见一个小孩落到井里而去施救，不是想认识结交孩子的父母，不是想得到见义勇为的名声，也不是怕落下见死不救的骂名，而是出于本能：对众生万物的恻隐之心。

当恻隐之心被一次次践踏和利用之后，信任和宽容很难在人与人之间建立起来，彼此戒备森严，泾渭分明。如今在地铁站、火车站、街头巷尾，到处可见衣衫褴褛满脸愁苦的乞讨者，绝大多数人，包括我在内，对此都是嗤之以鼻，因为我们认为这些人都是骗子。于是，那些真正需要帮助的人也被忽略了。

在这个荒诞的世界，我们还该不该有恻隐之心？

2019.07.30

乞猫

[宋]黄庭坚

夜来鼠辈欺猫死,窥瓮翻盘搅夜眠。

闻道狸奴将数子,买鱼穿柳聘衔蝉。

狸奴,猫名。将,养育。衔蝉,猫名。明王志坚《表异录》:"后唐琼花公主有二猫,一白而口衔花朵,一乌而白尾,主呼为衔蝉奴、昆仑姐己。"

秋日渐深,家里的猫死了,于是老鼠闹翻天。跳梁小丑,上蹿下跳,翻箱倒柜,搅得不得安宁。正一筹莫展之际,忽然听说老朋友家的女猫生了小猫仔,高兴得不得了!一刻不耽误,马上上街,买了一条活鱼,用柳条穿着,提溜着一路小跑去老友家作聘礼,请回猫来除鼠患。日常凡人的苦乐,跃然纸上,真好!

小时候,家里养过两只波斯猫,女猫,蓝眼白毛,漂亮通人性，有杀气。当时整条胡同都没有老鼠。可惜后来两只猫皆死于药耗子，不得善终。尤其第二只猫还怀了一肚子的小猫，现在想来还心痛不已。

这首诗的作者是黄庭坚。不错，"桃李春风一杯酒，江湖夜雨十年灯"也是他写的。据说他自己也很喜爱这首小诗，多次书写，即《从随主簿乞猫》帖，惜未见。此诗作于宋元丰二年（公元1079年），时黄庭坚在北京国子监教授任上，二月，继室殁于官所。十二月，受"乌台诗案"的牵连，从此仕途蹭蹬，厄运不断。因此有学者细品，说此诗看似讲猫鼠，实则借此言彼，暗指朝中有小人，官员多庸吏，天下亟需整饬。聊备一说。

2020，庚子鼠年，病毒肆虐，鼠辈横行。全民禁闭，过了一个表面平静内心澎湃的春节。每天能做的，只是不停地刷手机，看那些好消息坏消息真消息假消息，像病毒一般在朋友圈滋生蔓延，生死存亡之际，众生世相袒露无疑。劫难之中，一个个卑微如尘埃的生命逝去时的绝望与残酷，锥心刺骨。这几天，虽然日暖春暄，可是在户外放风，我还是感觉呼吸困难。

人已病，天知否？

正月初九，竹子青翠，蜡梅早发，立春不远了。安得狸猫清四野，能使天下鼠空空。鼠患固然可憎，然而看不见的病毒更加凶险。祈祷苍生，尽除病患，山河无恙，人间皆安。

2020.02.02

流水账

夜深，似醒非醒。我听见窗外窸窸窣窣的声响，有风，又不像风声，就在耳朵边，声音很细，像女儿轻柔的呼吸，很清晰。我知道了，那是爬山虎奋力向上攀爬的声音，骨节嘎嘎嘣嘣乱响，呼哧呼哧喘着气。早上起来一看，它已经咬住了阳光房伸出的檐角，正虎视眈眈地盯着二楼的窗户。才几天的光景，西边的围栏已挂满，正在向东北推进，浩浩荡荡。我想象某一天它占领整个院子的情景，一片绿色的海洋，淹没我。

从前住楼房的时候，总感觉呼吸困难，上不接天下不着地，期盼打破牢笼。现在终于着地了，有了院子，却感觉四周有无数双眼睛在窥探，浑身不自在，又迫不及待地把自己包起来，人啊！

春雨无端似晚秋。淅淅沥沥的春雨下了三天，之前是八九级大风，遮天蔽日的沙尘，再之前是30多度的高温，这四月的天真是够了。每年都抱怨天气真是见鬼了，不正常。其实，当不正常成为常态，异常早已正常。

雨后天晴，院子里的玫瑰、月季、扶桑、蔷薇、海棠、茶花都开了，各种的红；昙花、葡萄、桂花、竹子纷纷长出新叶，一片青绿。给人一种繁花似锦朝气蓬勃的满足感。

这很春天。

走过门前的小路，樱花凋谢，四散零落，花瓣如雪铺满一地，让人不忍踩踏。开花时难落花易。收音机里唱英文歌，旋律素净，悠悠然，听不懂也觉得好。男歌手的嗓音浑厚、低沉，歌词转换衔接常有短暂的沙哑、停顿和粘连，有时低到只剩一声叹息的喃喃自语。像写字时毛笔的枯笔，空旷的留白，飞丝的纠缠，意未尽，笔还连。让你忍不住想跟着哼唱，心里微微荡漾起来。

书店里空空荡荡，只我一人。好久没来，格局大变样。前台的姑娘学生模样，面生，正襟危坐，正在听新概念英语。我挑了几本书坐下来。不一会，姑娘拿来单子告诉我，这里有最低消费。我顿时手足无措，像做错事占了别人便宜。匆忙扫了一眼，指了一下20元的碧螺春，就这个吧，谢谢。

我怯生，脸皮薄。小时候在大杂院，大人开玩笑，用石头在地上随便画个圈，说千万不敢出来啊，外头有坏人把你带走。我就老老实实地在圈里待着做唐僧，直到母亲来喊我吃饭。这个很不好，带来难以挽回的后遗症，习惯了被人支使，逆来顺受而疏于表达内心的诉求。装修时与人砍价，总不自觉地站在对方的立场，为人家着想。砍掉一点，就觉得很过意不去，付过钱后又觉得是不是太贵了，随即又安慰自己，这样工人才会好好干活，花钱买个心安。其实对方心里暗喜，又碰见一个啥也不懂好糊弄的。

读者少，姑娘离开前台，走到我对面的一张书案前，拿毛笔写字。桌上卷着的宣纸上留下大小不一风格各异的字，还有随意摆放的毛笔笔洗，这应该是个开放的书法练习场所。她侧对我，站着写，肩膀耸动，过于用力，手腕执笔反倒松懈，一笔一画写得吃力。可能是感觉身旁有人，不自在，她写了一会儿，走开了。我想起小时候，刚刚能提起毛笔，就上街卖春联。那时候初二，竟全然不怯场，少年时的头角峥嵘一往无前，真是如春花初放，难得得很。

翻《王鐘霖日记》，一则故事触目惊心：

> 恭勤公幼孤贫，师同邑，某师子不慧，与公恒同榻。师拟以女妻公，同学某知之，买盗夜刺之，误杀师子，刑公待决。同学某得娶师女，合卺夕，醉告曰："费如许心，今乃谐。"女伴欢，益使醉。曙奔控，并盗抵罪，乃释公。女怀刃县堂曰："误坠奸谋，今冤明，而首夫罪也。"自戕死，公哭之痛。为女立位，终身拜之，养师夫妇老。

买凶、情杀、事泄、洗冤、殉夫、尽孝。让我倒吸一口冷气。百十个字，一个惊心动魄曲折离奇的小说。离开时，买书三本：范成大《吴船录》、徐石麟《花佣月令》和余怀《板桥杂记》。

好一阵子没上过街。各种各样的鲜花装扮街道，甚至连电线杆上都挂着花篮。经过整修，街区焕然一新，招牌齐整，色调统一，老旧的楼房换了新颜。不管是否多余，所有的窗户和空调都罩上了铁架子，像一张张被堵住的嘴。规训的力量已经从大地延伸到了天空。鲜花、绿草、河水和汽车限行正在日新月异地构筑城市的"文明"。据说政府花了血本。

我想起前两天去东郊花市买花，路边明明一大片空地可以停车，却被一个手摇小红旗的老妇人占领，绳子一圈，收费十元。我与之理论，有没有发票，有没有收费凭证？她面目狰狞，以执法者不容置疑的口气大声说，没有发票，不交钱不能停！这时候一辆110警车正好过来巡查，我对她说，要不咱们去问问警察？她有些慌张，拿红旗狠狠地指指我，你停停试试，悻悻而去。

这是我在开封遇到的第三次拦路抢劫，只不过这次运气好，未遂。

2018.05.27

满船明月

到官归志浩然

[宋]黄庭坚

雨洗风吹桃李净,讼声聒尽鸟惊春。

满船明月从此去,本是江湖寂寞人。

元丰四年(1801)春,黄庭坚时任太和县知县,一个芝麻大小的官。终日沦陷在聒噪不休的官事俗务之中,顾不上看桃李芬芳,听花鸟争春,这对他是极大的摧残,于是便有了隐退之意:如果能驾一叶扁舟,载着满船明月,自如归去,那该多好!

想起苏东坡的一首词:"夜饮东坡醒复醉,归来仿佛三更。家童鼻息已雷鸣。敲门都不应,倚杖听江声。 长恨此身非我有,何时忘却营营。夜阑风静縠纹平。小舟从此逝,江海寄余生。"(《临江仙·夜饮东坡醒复醉》)"小舟从此逝,江海寄余生"与"满船明月"心曲同调,不是简单的巧合。这首词作于元丰五年（1082），苏轼被贬黄州的第三年。诗人一夜偶然晚归，叩门而不得入，独倚门外，听江涛声声涨落，心海安澜，在寂寂长夜里忽地有了顿悟，何必介意这狗苟蝇营的凡事，不如自解束缚，纵横四海。

黄山谷和苏东坡笔下，念兹在兹的"江湖"和"江海"，是有别于纷扰的人间世的另一个存在，苍苍莽莽，无拘无束。这不是一时的偶然兴会，是多年以来因志趣相投、情感相契练就的默契，苏黄二人的交谊造就了北宋文坛书坛难以复制的千古佳话。苏黄二人的书法风格各异，苏字谨慎内敛，黄字开张磅礴，各具面目，风神潇洒。书法绝不是简单的笔墨艺术，它实际上是天分、学识、胸襟、遭际和心绪的淬炼之后，形诸笔墨点划，缺一不可。因相似的人生际遇，二人的诗又都隐含着对官场俗世爱恨交加又难以自拔的苦痛，一种"似僧无发，似俗无尘"的人生况味始终挥之不去。

我曾写过一篇《黄庭坚：满船明月从此去，本是江湖寂寞人》，一边说黄庭坚的书法，一边说苏黄二人的交谊，一边说无可奈何的世相，写完发在公号里，便忘记了。后来发现被一些微博、贴吧和网站随意转载，改头换面，据为己有。投诉了几次，删了又发，发了又删，干脆随他去吧，有人想看，也是好事。

又想起上学时读徐志摩的《再别康桥》："悄悄的我走了，正如我悄悄的来；我挥一挥衣袖，不带走一片云彩。"

真是惊艳哪！每一句都美得不可方物。不过，现在看来，至少中间那句："满载一船星辉，在星辉斑斓里放歌"，似曾相识，有"满船明月"的影子。

2020.06.20

旧照片

阳光溜进窗台，送来温暖的春的讯息。桌上摆着一张旧照片，回忆乘着春光，回到那个傍晚。照片里的人，是我和我的爷爷。我们走在老家的小巷子里，爷爷的背影慈爱而宽厚，仿佛可以装下全世界的爱。那时我调皮地遛着墙根儿走。我低着头，爷爷背着手，正偏过头看着我，一束温暖的目光落在我身上。

老家的院子在一个小巷子里。当年爷爷奶奶搬家的时候，坚决不同意把它给卖了，爷爷说根在那，不能卖。老家的铁门已经很旧了，但在我的童年里，它一直都是熠熠生辉的。院子里种着一棵很高大的棕树，常年青翠挺拔。爸爸说，这棵棕树在他小时候就有了，和他年龄差不多，现在几乎有两层楼那么高。

奶奶的厨房很大，用的还是烧煤的灶台，爷爷为此攒了成堆的蜂窝煤，堆在楼梯下面，每次回去都能看见。我们几个小孩常常在院子里疯跑着玩，奶奶就一边做饭一边笑盈盈地看着我们，爷爷则搬了板凳坐在一旁，手里摇着他那把大蒲扇，笑得合不拢嘴。那扇子到现在还保留着。

爷爷喜欢听戏。他有一个老收音机，没事就听各种各样的戏，有时候买菜回来，也会跟着哼几句。收音机还是爸爸上大学时候买的，用了好多年。小时候我喜欢赖在他那张凉席上，听收音机里咿咿呀呀的戏曲，我只觉得很聒噪，他却很享受。我问他为什么喜欢听戏，爷爷总是笑笑说："你不懂。"

荷花池是我对老院子最深刻的记忆。池塘在巷子东边，步行五分钟，以前常跟着爷爷去散步。我有时会捧一本书，搬一把椅子坐在水边读，但都是装装样子，最后都忍不住去看大人钓鱼，看满塘的荷花，还有在荷叶堆里钻进钻出的野鸭子，看书也就不了了之。爷爷有时候会给我掰一根大如伞盖的荷叶，扛回家。池塘边还有常年不开放的动物园，怎么也抢不到的健身器材，都成了美好的回忆。

爷爷已经离开我们三年了。这三年因为疫情像是开了加速键，爷爷突然离开的事实仿佛还在昨天。他去世的那天，表妹给我打了电话，她说，再也没有人会像爷爷那样对她笑了。我们都哭了。

照片上爷爷的背影温暖而真切，或许，他也不曾离开。早晨他随朝霞一同落进我的窗，傍晚便化作那个背影陪我回家。那些美好的回忆，仿佛秋日里飘落的叶子，有些随风，有些入梦，有些却常留心中。我时常回到那条熟悉的小巷，推开老家那扇镶上月光的门，隐约看到那棵长青的棕树。我挟着爷爷的爱，迈开步子，最好的时光就在路上，勇敢向前。

杨以里，2023.02.05，元宵节

后　记

2018年夏天，我出了第一本集子。文章写得不好，书做得也不好，唯一满意的只有书名：《雪满山》。

"雪满山"出自王维的两句诗："隔牖风惊竹，开门雪满山"。奇寒彻骨的冬夜，屋外大风呼啸，竹子凄厉地尖叫，划出一道道破空之声。门窗战栗，风卷巨浪，似要破门而入。小时候，我很怕冬夜的大风，但若下着雪，则另当别论。有了雪，这冷血的风便多了几分旖旎之态。不用说，明早，屋外定是一片苍苍莽莽的世界，于是心下生出一股期待的暖意。可惜，雪满山的寥廓与博大，城市里的人见不到，它只存在于想象中。

老家县城就在太行山脚下，雪后的太行山我见过。雪，无限的白，白到极致；山，广大到无边无际，平日粗粝险峻的群山此时像一头驯服的野兽，就在你脚下酣睡。空气清冽，冷得刺骨，不由得让你一激灵，脚步放轻，"咯吱咯吱"，生怕惊扰了它的尘梦。四下云海翻卷，云烟深处隐藏着另外的世界，寥廓，干净，苍茫之外，又有那么一点薄薄的惆怅。

在这皑皑的世界里，巉岩的褶皱，灌木丛林参差错落，黑白分明。还有星星点点的红，远远地悬在树梢，并不惹人注意，像画家的毛笔不经意间滴落的几点颜色。走近你才惊喜地发现，原来是熟透的柿子！经霜傲雪，红得烂漫，红得温暖，红得自在，真是开在雪里的花！

太行山盛产柿子，漫山遍野，多见而不怪。家家门前屋后，点缀着三三两两的柿树，树干颀长健朗，延伸至天际。山间错落丛生的大多是野生，餐风饮露，恣意生长。柿子生命力很强，耐寒耐旱，像极了豫北的山民，敦厚朴实，从不挑三拣四。再贫瘠的土地也能生根发芽，长成参天大树。深秋十月，果实成熟，从上到下挂满黄灿灿、红澄澄的小灯笼。摘下来放几天，软到一捏即酥，便可放心吃，核小肉多，甜得一塌糊涂，吃得汁水淋漓，变成毛胡子嘴。不敢空着肚子吃，会积食。或者把柿子去皮晒干压扁，一层层叠放到缸里，直到变成深黑，生成一层薄薄的甜霜，做成柿饼，过年时与核桃花生一道端出来招待客人。柿子貌不惊人，却从里到外，甜得毫无保留。不管人间的纷扰，在远离尘嚣的大寂寞中与世无争，自开自落。通透纯粹之余，又有那么一点朴拙的野气。

雪满山博大的境界，我不敢奢望，如果能像那戴雪的红柿子，就很难得。

才过了四年，已物是人非。父亲故去，永远留在了文字里。桃花谢了春红，太匆匆，春天还是那个春天，生活却回不去了。去年夏天，有一对白头鸭夫妇来院子里筑巢，窝就堂而皇之地搭在正门前的葡萄藤上，出来进去，互不干涉。它们用近乎嚣张的方式表达对我们的信任，直到顺利地孕育出四只可爱的雏鸟，举家飞走。今年春天，我用绳子把它们的家固定好，虚席以待，欢迎它们再来生儿育女。生活里的小惊喜得之偶然，让人充满希望和期待。人生长路，处处都有这样温暖有趣的场景，我要时时作好准备。

这个集子是记录生活的流水账，文字无甚进步，文章无焦点，无章法，无新意，但还是想整理出来，毕竟也是人生一个阶段的小结。这四十几篇文章，看似零乱，其实也有迹可循。开头的《西门》《一事能狂便少年》《七号楼》撷取了校园生活的片段，苦中作乐，借以缅怀一去不回的青春岁月。《芦荟》《葡萄》《爬山虎》等则是平日经眼的"花事"。这些花花草草大多是父亲和母亲共同种下的，父亲走后，母亲和我更加用心照料它们，所谓"谩栽花草记年华"，无言的花草陪伴左右，它们也是有感情的，是人事的映照与寄托。旧年人物最堪记，最难忘，也最难写，《时光电影院》《酒事》《云姨》《市井》等记下了印象深刻的故人旧事，我试着走近他们，走进他们。再卑微的个人都有自己独特的遭逢与际遇，都是人世间的一分子，有留下生命痕迹的权力和价值。《放炮》《元宵节》《过年的吃食》《祭灶火烧》是过年系列的延续。每到旧历年底，一年中最重要的日子，我的心都会澎湃不已，有无尽的爱与哀愁想表达。《端午节》《初夏即事》《月光堂堂》这几篇以物候节令标记平淡如水的生活刻度，记述在这些日子里经历过的人世间里的人间事。琐碎的日常之外，我唯一的爱好就是写字。临帖读帖之余，也试着逆流而上，从笔墨流转之中探寻黄庭坚、祝枝山等人的人格心境，《写字》《祝枝山的便条》就是这样的尝试。还有读古诗时瞬间的穿越，眼前浮现许多相似的情景碎片，唤起遥远的记忆。汗毛竖起来，脸皮发紧，被一种四面八方的崇高感包围，这种感觉像酒后微醺时，那种似是而非半真半假的自我。于是就循着思绪写下去，如《留得枯荷听雨声》《惊蛰》等。这些驳杂的文字写得很艰难，其中有挣扎、隐忍、不舍、无奈和困惑，也有人到中年的感喟，以及头撞南墙的后见之明。以后我会尝试新的笔墨，告别顾影自怜式的喃喃自语，讲述明朗充盈的人生故事。

最后一篇《旧照片》出自女儿杨子之手，父亲去世时她上四年级，今年已经初二了。文字很稚嫩，但感情是真的，读罢，父亲朴拙的笑容又浮现在眼前。书名思量许久，就用《月光堂堂》吧。一来缅怀父亲，他简单而寂寞的一生，就像亮堂堂的月光，一览无余。二来我希望自己浅薄的文字能像十五的月亮一样，既光明，又磊落，照亮人生所有幽暗的角落。

2022.04.22，谷雨

图书在版编目（CIP）数据

月光堂堂 / 杨波著. -- 上海：上海文艺出版社,2023
ISBN 978-7-5321-8609-9
Ⅰ.①月… Ⅱ.①杨… Ⅲ.①随笔－作品集－中国－当代 Ⅳ.①I267.1
中国国家版本馆CIP数据核字(2023)第031248号

发 行 人：毕　胜
责任编辑：肖海鸥
特约编辑：傅红雪
装帧设计：彭振威

书　　　名：月光堂堂
作　　　者：杨　波
出　　　版：上海世纪出版集团　　上海文艺出版社
地　　　址：上海市闵行区号景路159弄A座2楼　201101
发　　　行：上海文艺出版社发行中心
　　　　　　上海市闵行区号景路159弄A座2楼206室　201101　www.ewen.co
印　　　刷：苏州市越洋印刷有限公司
开　　　本：1092×850　1/32
印　　　张：8.375
插　　　页：2
字　　　数：154,000
印　　　次：2023年6月第1版　2023年6月第1次印刷
Ｉ Ｓ Ｂ Ｎ：978-7-5321-8609-9/I.6780
定　　　价：58.00元
告　读　者：如发现本书有质量问题请与印刷厂质量科联系　T:0512-68180628